T0316676

Zororo risina zororo

Oscar Gwiriri

Mwanaka Media and Publishing Pvt Ltd,
Chitungwiza Zimbabwe
*
Creativity, Wisdom and Beauty

Publisher: *Mmap*

Mwanaka Media and Publishing Pvt Ltd

24 Svosve Road, Zengeza 1

Chitungwiza Zimbabwe

mwanaka@yahoo.com

mwanaka13@gmail.com

https://www.mmapublishing.org

www.africanbookscollective.com/publishers/mwanaka-media-and-publishing

https://facebook.com/MwanakaMediaAndPublishing/

Distributed in and outside N. America by African Books Collective

orders@africanbookscollective.com

www.africanbookscollective.com

ISBN: 978-1-77931-491-8

EAN: 9781779314918

© Oscar Gwiriri 2023

All rights reserved.

No part of this book may be reproduced or transmitted in any form or
by any means, mechanical or electronic, including photocopying and
recording, or be stored in any information storage or retrieval system,
without written permission from the publisher

DISCLAIMER

All views expressed in this publication are those of the author and do
not necessarily reflect the views of *Mmap*.

Chitsauko 1

Zvichibva mukuratidza kufarira uye kusaziva kwake zvizhinji maringe nehupenyu hwekumusha kwavo, Zorodzai aingoshuvira kushanyirako. Vabereki vake vakaronga kuti azoenda kumusha ikoko pasvondo rekugumisira rezororo rezvikoro mukotoro yekutanga kwegore. Baba namai vake vaigara kuZengeza mumusha weChitungwiza. Vakamurongedzera mapasuru aaizotakura kuenda navo kumusha kwamaiguru vake avo vaigara mubhuku rekwaShanzi, mudunhu raShe Mupodzi, munyika yaMambo Handizorori kuHonde. Babamukuru vake vainzi SaHazvi vaive mukoma vababa vake, mudzimai vavo, anova maiguru vake, vachinzi MaHazvi.

MaHazvi vaive nemuviri unenge duri zvekuti kana vakapfeka rokwe rakati mba-a vairatidza kuti pahumhandara hwavo majaha aibatirana mapfumo. Izera zvaro, asi runako rwavo rwakange ruchiri kupa mucherechedzo wetsvarakadenga. Mwoyo wavo vaive vakanaka sepameso pavo, asi chaizotapudza chiyemuro pavari mwoyo wavo mupfupi. Vakange vasingatani kusvotwa, kazhinji kacho kana vachiitirwa nharo. Kupikiswa kwaiita kuti vanzwe kunge vadheererwa. Vaiti vakasvotwa voti nechemumwoyo, 'Vanondidaro nekuti ndakabara vanakomana chete.'

Chaizonyanya kuvakododzvora mwoyo mashoko emamwe madzimai ekuti, 'Vanobva vanyanya kuitisa vanakomana vavo mabasa evanhukadzi.'

3

MaHazvi, chavakange vasingagoni zvachose kubvunza munhu guhwa, nyangwe rirwadze sei. Kana paine chavashungurudza, vaioneka nekuonda pamwe chete nekuimba rwiyo rwumwe chete zuva nezuva kusvikira chigumbu chavo chati tubvunyu chega.

Zorodzai achiti ba-a kuona Honde apo bhazi raakange akakwira rakapotesera pamatsororo ekubva muWattle Plantations richiti gwiriri pachigiridhi, hana yake yakati bha-a nemufaro wekuti akange osvika kumusha kwavo. Vanhu vazhinji vaishanya kekutanga kuHonde vaishaya kuti vaShanzi vakashayei kuzogara mumakomo makadaro sematiro nepo minda mirefu yaigoverwa paChimurenga Chetatu. Chavaisaziva ndichocho chekuti hazvaiita kusiya misha nemakuva emadzitateguru avo vachindoti nzunzunzu kuPonsley, Temaruru nemamwevo mapurazi aigadzwa vanhu patsva. Pakadaro midzimu yaigona kutsamwaka. Ko, vakange vachimbofa nenzara here? Handiti nepashoma pavaive napo ipapo, midzimu yavo yaingotuswa tuminda twavo vachitozadza matura? Zorodzai akatambirwa zvakanakisisa.

Zororo uyu aive chikomana chechidiki chakatsvinda uye kusvikasvika. Aitaura zvinyoronyoro nenzwi gobvu risiri rezera remunhu asati asvika pahujaha. Meso ake aive akati ngwarangwandu zvekuti uchimuona waifunga kuti akangwarisa. Pakutaura aitoredzera mutauro wamhayiyo vake veChitoko, kwete ChiManyika chekwababa vake. Aishambidzika zvakanaka muzvipfeko, zvinova zvaiita kuti ayamurwe kumusha kwavo kwaakange akashanya uku

Aveko kuzororo kumusha, Zorodzai aitamba nemadzikoma ake, Pimai naMuchazondizonda. Muchazondizonda ndiye aive mukuru pavese atove jaha, achiteverwa nemuninina vake vemudumbu Pimai, kochizoti Zorodzai aive mwana wababamudiki wavo. Muchazondizonda aive jaha raizivikanwa pamwe chete nekuyemurwa nekuda kwekuteramira kwake semvura yeguvi. Ndiye aitungamirira vakomana vese vekwaShanzi mukuronda vakomana vedzvetswa vaibva kunzvimbo dzakasiyana-siyana vachivinga hanzvadzi dzavo. Aidunhurirwa nezita rekuti Musori. Aiwe nemuviri waive pakati nepakati akati tsva-a kusviba pahope sehubva. Nekuda kwemahobi anenge amutiro, tuziso twake twaioneka kuti kovo kutsvuka. Kuchikoro vaimutsvinyira vachiti Bongwi zvichibva mubhuku ravakange vakaverenga.

Pimai akange ari kakomana kainge kakaita kamuswepu kutetepa nekureba semupuranga. Aiwa akanaka pahope zvekuti dai aienda kumakundano erunako anosimboitwa mumadhorobha, haiwa, aitora mikombe. Runako rwake rwainyatsoti bha-a pamisi yeSvondo apo ainge akatsvinda zvake mwanakomana achienda kuMupodzi Holy Cross Church. Aive nenzwi gobvu gobvu raiita sezvinonzi ndiro rakamudyira muviri. Kana akamira nanaMuchazondizonda naZorodzai, aitoona panhongonya dzavo. Pane shoko refungidziro raigarotsvairirwa pasi petsapi, rekuti pane kushinha kwakaitwa namhayi vake chete maringe nekuzvarwa kwake. Musoro weshoko chaivo waisanzwisisika, asi vechikuru vaidoma zita rekuti Chimbetere, kusaikuziva kuti zvaimbonzi chii chaizvo. Chaibvumiranwa nevese idimikira rekuti gomba harina mwana. Iyewo Pimai wacho aimbozvibvunzawo kuti sei akange akanyanya kusiyana namukoma vake. Vamwe vanhu vaimudunhurira vachimuti *Kedha*. Zvisinei nehusikwa hwake ihwohwo, Pimai aisvotwa nevanhu pamwe chete nehunhu hwevana vainge vabva kudhorobha. Aiona sevaimuvhairira nezvekudhorobha ikoko.

Apo akange achiri mudiki, parimwe remazuva akazvishingisa ndokubvunza mai vake achiti, "Nhai mhayi, chii chinoita kuti ini Pimai nditi ngandu kutsvuka pahope kupfuura Mucha?"

MaHazvi vakamupindura vachiti, "Mubvunzo wako wakanakisisa mwanangu. Asi, wakafanana nekubvunzwa nemunhu ane usope kuti sei ari zvaari, kana uriwe unomupindura uchiti chii?"

Pimai akabva agumirwa ndokuti, "Ngaisiye matambo mhayiyo woye-e."

Mubvunzo uyu vakati njo-o mundangariro dzaMaHazvi dzikavanyungudutsa muviri zvishoma nezvishoma. Mwoyo wavo wakazonzi tupfunyu nemapasuro pamwe chete nekushanya kwakange kwaitwa naZorodzai achibva kudhorobha.

Sezvineiwo, Zorodzai chakamuwana chekudziviswa kwezvinhu zvizhinji maringe nechirwere cheDzihwamupengo iye ari ikoko kumusha. Mutungamiriri venyika vakange vadzika mutemo wekudzivisa vanhu kufamba zvisina mwero vachiedza kudzivirira kupararira kwedenda reDzihwamupengo raizivikanwa nezita rekuti Covid 19. Zvinhu zvese zvakamboita sezvanzi mba-a muruoko. Mabhazi aisibhururuka kubva kudzimwe nzvimbo achienda kune dzimwe akange ati tsvi kumira. Mumigwagwa makange mongooneka avo vainge vane mabasa anokoshesesa sekuti mapurisa nevarapi vemuzvipatara. Rumwe rudhende rwakanzi gorogoje mumisha yarwo semombe dziri mudanga. Sakani, Zorodzai akabva avedzera nguva yekunge ari kuzororo kumusha.

Shoko rekucherechedza kuzvibata nekudzivirira denda reDzihwamupengo iri rakasvika kunaSabhuku Shanzi kubva kumusangano wavakange vashevedzerwa kwaDC Handizorori kuti vazodzidziswa nezvazvo.

Dare rasabhuku Shanzi rakange riri pamusha pavo painge pakateremuka ndokucherwa zvekuita kunge gomo rakamwochorwa ndokuwezwa kumativi pachishandiswa puranga manzi. Ivhu repo raive jiho. Kumativi kwaive kwakadzama zvekuti dai munhu murefu aimirapo aioneka musoro chete kana takatarisa tiri kumativi kana kuti nechekure. Kana vari vanhu vapfupi, hatichatauri, vaibva vaita kunge vanyuramo. Kuti usvikepo vaitokwidza kamukwidza uchibva munzira yaienda KuMupodzi Primary School. Vagari vemo vakange vajaira kufamba mumikwidzwa nemakomo zvekuti kwavari yakange isiri nyaya huru kusvika padare apa. Padare paive nezibwe. Pazibwe ipapo ndipo apo sabhuku nemachinda avo vaimbopota vachiti nzve-e vondoti mwinyi-mwinyi kana voda kupa mutongo wepadare. Kumadziro kwedare kwakange kwakacherwa ndokubva kwasiiva chigaramakumucha chaitambarara kudivi rekurudyi kwasabhuku kana vakagara. Pachigaramakomucha ipapo paiwaridzwa matehwe embudzi neehwai kana kune dare. Chituru chasabhuku chaive chedombo raive rakadzikira pakati sehuyo, uye chichiwaridzwa dehwe redindingwe. Chituru ichi chaive chemusiiranwa kubva makare apo chaisiwaridzwa madahunha ematehwe embira dzaibatwa mugomo reBura. Chaive chakatsigirwa nehurungudo ina. Imwe yaive yakanyururwa murwizi, Pungwe, dzimwe dzakatorwa kubva munaOdzani, Honde naDuru. Uyu waive mucherechedzo werudo rwekugamuchira rombo rakanaka pamwe chete nekunyorovesa mwoyo yevatatsi vaiuya kuzotsvaga pekugara kubva kumativi akasiyana-siyana.

Sabhuku Shanzi vaive nezvishongo zvitatu zvavaizivikanwa nazvo. Kana kune mutambo wemaganzvo, vaipfeka dehwe redindingwe nekumonera ganda rechidao chavo cheShato muhuro. Kana vosvika padare vakazvishongedza saizvozvo, tuchembere twaibva twarusimudza rwiyo rwekuti,

Mushauri	Vadaviri
Ndiwe here wariyambutsa!	*Dindingwe!*
Ndiwe here wariyambutsa!	*Chirombo icho-o!*

Kana kune mhosva dzakakomba dzinoda kutongwa, kana kuti vachiziva kuti mumhan'arirwi aive ane ushwindi, vaibva vabopa chishongo chedehwe reshumba vobva vari kochekera dehwe riye reshato rakachinjika paditi pavo. Pakadai hapaishaikwa chembere inoimba rwiyo rwekuti,

Mushauri	Vadaviri
Shanzi ndimambo!	*Heya! Heya!*
Shanzi ndimambo!	*Shumba inogara yega musango!*

Zvishongo zvematehwe izvi zvaityora vadare mabvi, uye muporofita aigara mudunhu iri aibva asvikirwa nemweya waisatana kutsviriridza ndimi paari. Kana ari mamwewo matare akafanana neezviziviso zvetsika, matongerwo enyika nekugoverwa kwezviwanikwa zvaibva kumasangano erubatsiro akasiyana-siyana kana kuhurumende, vaingopfeka chero nhumbi semunhuwo zvake, asi vachipakura mashoko vakagara pachigaro chavo chehusabhuku.

Zvemusi uyu vakange vadzokorodza kupfeka sutu nhema yavakange vashanya nayo nezuro wacho. Semunhu akange ave harahwa, sutu iye yainge yakati kubvuru pamuviri wavo. Chaioneka kunaka pavari kudhura kwejira resutu yacho yaienderana neshangu dzavakange vakapfeka. Ehunde, dzaioneka kuti ndedzedehwe renzou, asi pfumbwi yejiho yakange yakati pfekepfeke mudehwe reshangu dziye. Ivo, nekuda kwehupfupi hwavo, ndivo mumwe wevanhu vaisaonekwa musoro wavo kana vakamira padare kana tichitarisa nenhivi dzedare.

Musi uyu vari padare pavo, Sabhuku vakati, "Hama dzangu, denda iri rakasiyana nemamwe matenda ese amunoziva. Kwakauya Shuramatongo ikapedza vanhu. Kwakauya rumhungwe, nanyamusi tinongorwisana narwo zvedu, asi Dzihwamupengo sandi jee hama dzangu. Mitemo yavepo ndeye kuti garai makataramuka. Wese angoti koso ngaaende kuchipatara. Chimbomirai zvekumhoresana nechishanu. Ndakanzwa mumwe achiita muswetu wekuti 'hatitye dzihwa.' Heya! Asi zvino, vane pfungwa dzakaora kudaro hatimbovasekerera nekuti tese tinopera nechakapedza mbudzi sedambe. Anongomhura mitemo yandareva pano, ndinomuripisa zvikukutu. Avo vanozviti vanaHatinzwarwo, handina hurukuro navo. Ndinongodaidza mapurisa, nharadada dzopotserwa muchiturongo chiriporipo. Hatingafeka isu tese nekuda kwenhunzvatunzva dzisingade kugara pamba padzo."

"Ipapo taurai zvenyu Changamaire. Inga vakuru vakati gonzo mhini gara mumwena chinouya chikuwaniremo. Iyo svetu svetu inenge iri yekuenda kupi nemvura isiri kunaya kudai? Munhu ngaagare pamba pake nemhuri yake." Mupurisa wasabhuku, Mafundufuwa akadaro.

Mafundufuwa aiwe hofori yerume. Aive akaremara gumbo rake rekuruboshwe kuHondo yeChimurenga zvekuti kana ofamba aiti gamhi gamhi. Nekuda kweurefu hwake, paainge akagara pasi iwe uri pedyo naye, waitozonika mutsipa kana womutarisa kumeso kwake. Hupfupi hwegumbo rake ndiho hwaizomuti tyore kureba nekutsveyama kwaaizomboita kana akamira. Iko kuve murwiri werusununguko kwainzi nevanhu ndiko kwaimupa zvivindi pahope yake zvekuti hapana munhu vaaivhunduka nyangwe Mbuya MaTonderai chaivo vaityisidzira vanhu netumazizi twavo. Aisavezve munhu aitsvetereka nyangwe zvidini. Kune vanhu vakange vakamujaira, vaiziva kuti kana amisa mananda pahuma, ainge asiri kubvumirana nezvainge zvataurwa kana kuitika. Hutsvuku hwake hwaibva hwasvibirika, shaya dzake dzohuta kunge dzembwa yatsva nenyota. Vamwe vaimudira kutwasuka sepurangamanzi kwehunhu hwake ikoko, asi vamwevo vaisvotwa nako zvekusvika pakutsumba kuti dai afa.

Sabhuku vakati, "Ndizvo chaizvo. Ndinoziva kwazvo kuti denda iri ratifurutsa kubva kumabasa nekuzviito zvakawanda zvinofadza mweya nenyama yedu, asi hapana chatingaite, chikuru kurarama. Iwe Manyere, humatindingoma hwako womboti tsve-e kwakadaro uko. Ehe, VaTafangemutsa nemi muripowo panyaya iyi.

Ngororombe, mbira, hwamanda nengoma tichazotamba hedu kana chakauya ichi chatipfuura. Ngatiite mwoyo murefu, hapana chisingaperi pasi pano. Inguva chete. Ngatirarame tese mudunhu rino tizozvitaure serungano." Sabhuku vakambotura befu. Vakaenderera mberi vachiti, "Nyaya yekubika mugobera, chimbomirai zvenyu Mbuya MaTonderai. Ehunde, tinozviziva kuti ndipo pane raramo yenyu seshirikadzi, asi zvinozobatsirei kana vamunobikira mhamba vacho vakazoita murakatira nedzihwa iri. Zuva rimwe igore zvaro, asi zuva rimwe hariurayi. Kana mazopererwa nezvekudya, hatingazotadziwo kupa shirikadzi yedu chekurarama nacho kubva muzunderamambo. Musatye zvenyu, tiri vamwe chete. Ndinodzokorodzazve ndichiti, ndati denda iri harirapiki nyore nemishonga yekuchipatara nyangwe makwenzi atinoziva. Idenda risina n'anga."

Pakabva paita akatanga chimbo,

Mushauri	Vadaviri
Matye rupanga!	*Saunyama Mheta!*
Mungokanenyi!	*Muri vamwe chete!*
Matye rupanga!	*Saunyama Mheta!*

Mhomho yaive padare yakati dzvamu. Machemebere akange ochiti jaka jaka mudariro, ukuwo harahwa dzichiti jo jo jo pasi nemidonzvo dzotonzwa ropa kuswinya nekuda kutamba mitambo yengoma yakafanana nemangoni, maganzvo, humwe nemimwewo yakasiyana-siyana. Zvaiti vanombundirana, vanonyenurirana nevanogumhanisa magadziko mudariro riye. Haiwa, mhuri yaSabhuku Shanzi yakange yatopinda mumufaro wemazuva ese.

"Zvakanaka! Zvakanaka! Ewoni, tazvinzwa! Ngatichigarei pasi, nguva hatichinaba!" Mafundufuwa akashevedzera.

Vanhu vakateerera ndokuti ware ware padare.

"Mukati denda iri rinotadza kurapika nekunwa muto wemashizha emundimu uyu, mugwavha kana zumbani here nhai?" Vamwe sekuru vechikuru vakabvunza.

"Izvo-o!" Mhomho yakashamisika.

"Bambo mange makarara here apo zvasotaurwa nasabhuku. Imi mambodirei kusvika pakubatwa naro, panzvimbo yekuteerera dziviriro yatiri kudzidziswa pano?" Muchazondizonda akabvunza. Pimai naZorodzai vainge vakagara padivi pake vakanakidzwa nezvivindi zvamukoma vavo kubvunza munhu mukuru padare. Vanhu vakuru vaivepo vakati dzvoko kunaMuchazondizonda. Hurukuro iyi yakange yadenhwa nekuongorora chimiro chedare rakange rakakomberedzwa nemiti yemichero. Panguva iyi, mundimu nemugwavha ndiyo yakange yakati zvi-i mashizha ainhuwirira achipeturira mweya unotapirira mumhino dzevadare sevaitodzivirira dzihwa racho.

Sekuru vaye vachinyara-nyara vakati, "Ndange ndatizve zvimwe tikaita zvedu zvechivanhu zveduno zvatidojaira tingopona. Ini chikurire changu handina kumborara muchipataraba hwii. Saka muri kuti imwimwi dzihwa iri ringobvarabvuro kunda kunatira mafuta ehwai apiswa pakatonje kakati piriviri ngemoto here? Riibva rarambirazve mumhino kana wahwira bute madziri? Imwe-imwe! Kana zvirizvo, kubva tetse tingopera hatsuzve."

"Iyazve! Saka iwe wange usina kuzviziva nhai? Gore rino hatiponi. Hatiponi rikave bhuku ridonyorwa ngemupwere wasu." Mudzimai vasekuru vaye akadaro.

'Saka muri kureva kuti denda iri rinouraya kukunda uroyi hwaMbuya MaTonderai here?' Sekuru vaye vakabvunzira mumwoyo.

Vadare vakakurukurirana zvavo kwekanguvana. Vazhinji vakamboedza kudonongodza mitemo yakange yaparurwa nasabhuku, asi zvakange zvisingavaitire nyore. Madzishamwari ndivo akange oremerwa nemashoko nemichohwe muzvipfuwa zvavo. Dare rakazoparara mune zvakanaka, vanhu vachivimbisana kuti vachatevedzera zvakange zvataurwa nasabhuku.

Chitsauko 2

"**I**we nekupusarara kwako uku, unganzi udzidze chivanhu kuti uzonyore mabhuku sababa vako, inga mainini wanozvinetsawo netwenhando." Akadaro Pimai.

"Usamudaro kani. Hauoni here kuti wave kudzikisira mweya wake. Iwe ndiwe ani unomuzivira zviri mberi? Vanhu tinosikwa nezvipo zvakasiyana-siyana." Muchazondizonda akarandutsira.

"Ehe hazvo, asi hazvirevika kuti ukave mwana wemunyori, muimbi kana muvezi newevo watovewo saizvozvo. Zizi kuswera muzumbu rehuku roti ndatowewo huku, aiwa kwete. Kana muchiti ndinonyepa, ngaambotsanangure nezvenzvimbo yedu ino tinzwe kuti anoitsetsenura nehunyanzvi here. Ishungu chete dzinenge dzengoko iri kusunda ndowe, asi pasina chiripo." Pimai akadaro akatarisa Zorodzai kumeso. Iye Zorodzai akange atsikitsira misodzi yatojenga mumaziso ake neshungu.

"Mudobere hako Zoro umunyadzise." Muchazondizonda akakurudzira.

"Zvakanaka mukoma." Zorodzai akanyata pahuro pake nemate akanzwika kuti kudyu. Akaenderera mberi achiti, "Musha wekwaShanzi uri mubandiko reHonde. Unowanikwa mubhuku rekwaShanzi, mudunhu raShe Mupodzi. Rakakomberedzwa nemamwe matunhu emadzishe anoti Diutiu, Kafiramberi neekumhiri kwerwizi Honde. Madzishe ese aya, zvinonzi akapihwa tsungo dzekutonga naMambo Handizorori mushure mekunge aroora vazvare vake, uye vamwe vaive vaita umhare pahondo yamambo ava naMambo Makoni pachikomo cheMhanda. Ndoenderera mberi here mukoma?" Zorodzai akabvunza akatarisa Muchazondizonda. Akapfuurira nenhoroondo achiti, "Nyangwe zvazvo ishekadzi Mupodzi vakafa, vakange vari mudzimai vaSaShanzi, vari mwanasikana wekwaMambo Handizorori. Saka isu tiri vazukuru vaMambo Handizorori, tiri wembahuru. Nanyamusi vaShanzi takachamirira kupihwa muzvare kubva kudzimbahwe. Vakafa uri musi weSvondo, sakani zuva rechisi rakabva rave Svondo rega rega. Mambo vakambodoma mumwe mukunda wavo semuzvare wedu chifo chemakore makuni matatu akapfuura, asi…"

"Vabaya dede nemukanwa munin'ina." Muchazondizonda akabvuma.

Pimai akapokana achiti, "Hapana zvaataura apa. Ngaaenderere mberi tinzwe kuti anogumira papi. Achajomba chete moona kuti hapana zviripo, makumbo enyoka."

"Aiwa, usashungurudze mwana nezvisina basa iwe."

"Regai nditaure mukoma. Simba ndinaro zvangu. Vana vazhinji vemubhuku remaShanzi havafariri chisi chemusi weSvondo nekuti haripi zororo sezvinoitika kubhuku rekwaRukwamadombo rinoitwa chisi nemusi weMuvhuro. Bhuku redu rekwaShanzi rinowanikwa mumupoteserwa yekubva muminda yemapuranga eWattle Plantation. Ndiro bhuku rekutanga uchidzika pamatsororo ekuRwenze. Unoriona uchingoti gwiriri pachigrid chakaiswapo semugano wemunda wemapuranga. Chakaiswapo kuitira kuti mombe dzisarasikire kumapuranga dzichindomaparadza apo akange achangobva kudyarwa. Kana ndichirangarira kwazvo, nhoroondo inoti sabhuku wekutanga ainzi Madurutande, ari muera

15

Mheta, aine chidao cheShato. Shanzi izita rakabva pakuti VaSaunyama vakabvunzwisiswa namudzviti wepaDC Handizorori kuti vaive Saunyama upi aitaura nezveHonde nepo ivo vanaSaunyama vaibva kuNyanga. Zvainzi kuHonde kwaibva vanaMupatsi, Mandeya, Chikomba nevamwewo. Mukutsanangura, mudzviti akati Saunyama uyu aive nenharo ndokubva angonyora pachitupa kuti vave kunzi Shanzi, zvinoreva munhu ane nharo. Pakange pasina zvekuita nekuti vanhu vatema vaive pasi peudzvanyiriri hwevachena. Ndihwo humwe huipi hwaive nevachena hwakazorwiswa nehondo yeChimurenga. Vauyi vakashandura mazita edu, tsika nemagariro edu. Izvi zva..."

"Zvakwana! Zvakwana! Zvawave kuda kutozivisisa zvemumusha wedu sezvinonzi unogara kuno?" Pimai akaganura Zorodzai.

Vakomana vakashinyirika-shinyirika mumagumbeze mavakange varere mugota vakafuga vari vatatu. Zorodzai ndiye aive akarara pakati. Ainzwa kunhuvirira kwepasi pakange pave nemazuva maviri padzurwa nendowe iri gadziriro yekushanya kwake. Kamweya aka ndiko kaipa musiyano mukuru wekumusha uku nekudhorobha kwaakange abva. Akakafarira.

Nhaurwa yekunakidza kunoita kumusha yakange ichiri mupfungwa dzake Zorodzai maringe nechiitiko chekufudza mombe chaakange audzwa nezvacho nemadzikoma ake aye. Àkange arara achingofunga nezvazvo zvekuti machongwe akazosara oti kokorigo rigo rigo iye ati kwenemwene kutarisa mudenga remba raakanga asingaoni nekuda kwerima. Vamwe vake, Pimai naMuchazondizonda vakange vachidzipfumbura hope dzeumambo.

16

Kana ari zvake Pimai hatichareva, aimadhiriridza ngonono zvekuti mumba maiita kunge mune zvigayo zvitatu zviri kutinhira panguva imwe chete, kana kunge paita mudorododo wemotokari dziri kupfuura pachi*grid* chepaShanzi dzichiti gwiriri gwiriri gwiriri.

"Gogogoi! Nhai imi vakomana! Muchirimo here umo! Imi vakomana! Pimai! Muchazondizonda!"

"Mha-a!" Muchazondizonda akadavira.

"Munorara kusvika nguva dzino saka mombe dzacho munoda kuzokama nguvai? Sei muchida kumutswa zuva nezuva sesvava imi? Zuro ndizurozve, makandorisa mombe zuva rocheka nyika. Muri vanhurume rudzii vanorara kusvika rudziyakamwe? Ini ndinoziva kuti vanakomana vanomuka nguva dzemashambanzou chaidzo. Heya, chave chizvinozvino, hamuchatirimuki nhai? Mukai! Mukai!"

MaHazvi vakange vasvika pagota revakomana vachibva kuhozi kwavo. Pavaipopota kudai vakange vachiti tsvai tsvai mukova zvese nekutenderedza gota.

Vakomana vakasimudza nhanho vakananga kudanga. Muchazondizonda akange akatakurira papfudzi rekuruboshwe shambo dzakamoneredzwa zvekurembera kumbabvu dzake. Zorodzai akange ainewo hari akaiti mba nechemuhuro mayo achifamba zvinyoronyoro nekutya kugutsurwa kana kupumhunwa zvaizosakisa kuti hari yacho iti bwaga kupwanyika. Uyuwo Pimai akange akadziti kwati kwati hwedza dzemuonde dzekukamira mukaka dzakange dzakavezwa nababa vavo, SaHazvi vaive shasha pakubata mbezo.

SaHazvi vaive murume mupfupi, mukobvu aive akati kwindi pameso. Hushwindi hwavo hwaizodzorwa nemaziso pamwe chete nemazino avo ainge akachena kuti ngwe-e. Kuvanhu vaisavaziva vaigona kufunga kuti vaive mupositori nekuda kweun'ai n'ai hwemusoro wavo waigara wakagerwa musvuu wezuda. Chinhu chikuru chavaizivikanwa nacho kuridza ngoma yeshima nemutinhimira wechinyakare cheChiManyika, uye kusada kupikiswa pane zvavanenge vataura. Zvinonzi hazvo zviuuya hazviwananai, asi ivo nemudzimai vavo MaHazvi vaigarisana zvinoshamisa sekatsi nembwa zvinonwa mukaka mundiro imwe pamusha umwe chete. Ivo naMafundufuwa vaive gonzo nachin'ai zvichibva padaka remiganho yeminda. SaHazvi vaive nepfungwa yekuti, 'Mafundufuwa anofunga kuti kuenda kuhondo kwaakaita kunoshamisira *tsereki*. Hapana asina kurwa hondo iyoyo. Nyangwe isu vanamujibha nevabereki takarwavo nedivi redu. A, ko kubata pfuti ndiko kurwa chete here?'

Chimwezve chinetswa chaigara chichitenderera mumusoro mavo ivo SaHazvi ndechekuti, 'Mafundufuwa munin'ina kwandiri, asi anondidaidza achiti iwe padare rasabhuku sei? Nyangwe ndirini mumhan'arirwi, chinomutadzisa kunditi mukoma semazuva ese chii? Ukama ukama haugezwi nesipo setsvina. Mukuru mukuru hanga haigare pfunda. E, hove dzinofamba nemuronga vadzozve.'

Chinhu chaiyemurika panaSaHazvi ndiko kuda mhuri yavo pamwe chete nekugamuchira vaenzi zvakanaka. Asi, painge pane hurehwarehwa hwekuti vakange vakacherera muti mudanga mavo kuti danga rikure.

Vese vari vatatu, Zorodzai, Pimai naMuchazondizonda vakati rongondo dungwe vakananga kumatanga aive kumadokero emusha. "Nhai vanamukoma, sei matanga akavakirwa kure nemisha kudai, uye kumadokero?" Zorodzai akabvunza.

Vamwe vake vakati pwati kuseka.

'Zvana zvemudhorobha kupusa mhani!' Pimai akadaro nechemumwoyo. Akazopindura achiti, "Mombe dzinokuma dzichiita ruzha, sakani vanhu havadi kurara vachinyangadzwa nadzo. Uyezve, ndove inonhuwa, saka hazvigoni kuti danga rivakirwe kumabvazuva kunobva mhepo."

"Ko, nhai vanamukoma, handiti mhepo inofurira chero divi rayada here?"

"Aiwa! Kuno inofura ichibva nepamupata wemakomo maviri aunoona ayo, rekwaDinyamutinya nerekwaMakwendenge. Saka painopoya pamupata ipapo inouya iri chamuvhiriri ichivhuvhutira kumadokero. Imwe inobva pamapopoma eMutarazi pauri kuona semisodzi yegomo iyo. Zvasiyana nekwamunogara kwaSeke uko kusina makomo nemiti sekuno kuManyika."

"Ipapo mareva zvenyu. Vanhu veChitungwiza vatipedzera masango vachindotengesa huni." Zoro akadavirira.

"A, kutsvaga kuraramaka!" Pimai akatsigira.

"Kutsvaga kurarama hako, asi vanenge vachipara mhosva hurusa mufunge. Zuva nezuva chinenge chiri chibarabada kudzingirirana nemapurisa achibatsirana neve*EMA*." Zorodzai akadaro.

"*EMA* ndochii ichocho?" Muchazondizonda akabvunza.

"Zvinoreva kuti *Enviromental Management Authority* mukoma. Ibato rinoona nezvekuchengetedzwa kwezvisikwa. Ivavo havatambisi. Vakakuona uchimhura mitemo yavo, munopedzerana. Kungobatwa chete, manhenda wanzi ubhadhare mabvumamhosva, ijere chairo.'

"Ekwe-eko! Swititi tsve-e! Inga vari kungosiya vanhu vachivakira muzvitubu wani. Hapana paunofamba mumadhorobha ukaona pakasara. Zuro rino chairo ndakaverenga rimwe bepanhau rawakauya naro rakaputira sipo richitotsoropodza hunhu ihwohwo. Zvainzi kwasara matoro asingapfuuri chumi nemazana maviri munyika muno mese. Asi, iwe hauverenge zvinyorwa zvaunenge uinazvo kani?" Pimai akabvunza.

Zorodzai akambopusarara nemubvunzo iwovo. Nyaya idzi dzaipiswa vakomana vari munzira vawe kunanga kumatanga. Pakamboita runyararo pakati pevakomana vaye.

"Saka nhai vanamukoma, zvamati imi matanga anovakirwa kure nemusha nekuda kwekutya ruzha nekunhuwirwa nendove, saka chakakosha chii ipapa pane kuzorasikirwa nezvipfuyo?" Zorodzai akabvunzazve.

"Ha-a, iwe Zorodzai ngwaravo! Zvinorasika sei izvo zviri mumatanga. Hatirari kana paine imwe mombe yarasika kumafuro. Mombe ikasarara mudanga inopedza mapindu evanhu, kana zvirimwa zvemuminda. Iyoyo imhosva huru inotomisa vabereki padare kwasabhuku kana kwashe, voripiswa zvikuru. Saka hakuna zvakadaro." Muchazondizonda akapindura.

"Handirevere izvozvo!"

"Saka wati chii zvino?" Pimai akabvunza.

"Ndinoreva kubirwa nembavha." Zorodzai akapindura.

"Kuno hatisati tambobirwa isu. Hakuna mbavha. Idunhu rine vanhu vane tsika rino." Pimai akadaro.

"Asizve, vanamukoma, chinhu chese chine pachinotangira."

Pimai naMuchazondizonda vakatarisana vakakatyamadzwa nehuchandagwinyira hwaZorodzai panyaya iyi. Vese vakati dzvoko kwaari ndokuerekana vaita mangange okuti, "Asi uri mbavha!"

Vese vakan'oorera munin'ina wavo. Zorodzai akaramba akati atsa muromo nekuda kwemubvunzo, uye kutariswa kwaakange aitwa nevamwe vake. Miromo yake yakatanga kucheneruka pamwe chete nekubvunda achinzwa kusungwa shaya.

Akazoti atura befu ndokuti, "Kwete!"

Zorodzai akange otya kubvunza-bvunza mimwe mibvunzo zvekare, zvisinei kuti pane zvakawanda zvaaida kunzwisisa. Muchazondizonda akatanga kushaura karwiyo,

Kusarima woye-e! Kusarima woye-e! Kusarima woye-e!

Torai mapadza muchirima!

Vakomana vakaimba chimbo zvine mutinhimira kusvikira vosvika pamatanga. Vachiti vhu-u padanga ravo, Pimai naMuchazondizonda vakabata miromo nekukatyamara. Danga rakange rakati haradada muchingove neshiri dzaiti tsvaru tsvaru ndove, dzichiti dzo dzo dzo makonye. Vaviri vakaramba vakati dzvondo kudanga. Pave paye vakazoti tenderu misoro yavo, ndiye dzvoko zvakare kuna Zorodzai. Vakaerekena vese vati, "Asi uri mbavha!"

Zorodzai akabva ati zvake bwerekeshe kugara pasi nekuremerwa nemubvunzo uye. Vakomana vakashaya kuti vaizodzoka kumba nerekuti chii nhai. Apa kwaidzokeka sei kumba kwacho vasina mukaka wainge wakamirirwa namai vavo? Nerimwezve divi, danga rese remombe rakange ranzi tsvai, musina chero mhuru zvayo. Zorodzai akabvunza nechemumwoyo achiti, 'Asi ndinoroya? Asi ndiri mbavha? Asi ndinofemerwa?'

Chitsauko 3

Poshi haarwiwi, piri haarwiwi. Izvi zvakazivikanwa naPimai naMuchazondizonda avo vakanga vapona nepaburi retsono kubva kushamhu yababa vavo mushure mokunge vanonoka kumuka pazuva riye rakange rasvika Zorodzai usiku hwacho. Ndipo apo vakomana ava, pamwe chete nemushanyi vavo Zorodzai vakange vazosvika kumatanga mombe dzazarurirwa kare nababa vavo, SaHazvi. Baba vaye vakange vaswera nedzoro. Vakomana vakaswera votuhwina zvavo kudziva nevamwe.

Ave manheru, vakomana vakange voshushikana vachishaya kuti vaizodzoka sei kumba vasina chisvinu chokureva. Vakange vachifunga kuti mombe dzakange dzakabiwa, nepo baba vavo vakange vaziva kuti kunonoka kurara kwavakange vaita vachitaura nyaya nemushanyi Zorodzai, kwaizosakisa kuti vanonokewo kumuka.

Kubva zuva iri, vakomana havana kuda kudzokorora kutsamwisazve vabereki vavo, saka chifumi vakabata jongwe muromo vakananga kundokama mombe dzisati dzamira nemhuru kudanga.

Vachipedza izvozvo, vakabva vadzivhurira ndokunanga nadzo kumafuro KwaMukunda.

"Kumafuro kuno kunonakidza chose. Ndichadzoka kuZengeza ndave kuziva zvakawanda vakoma." Akadaro Zorodzai.

"Chii chiri kunyanya kukunakidza kuno nhai munin'ina?" Pimai akabvunza.

"Zvese. Kutemha michero yemusango yakaita semaroro, tsombori, nzviru, nezvimwewo zvakadaro."

"Ko, madhorofiya haana kukunakira here?" Muchazondizonda akabvunzawo.

"I-i, taurai zvenyu. Nyangwe kumutserendende, nhanzva nekurwisanisa mombe kunonakidza."

"Mombe mhenyu here?"

"Ehe! Nyangwe dzekuumba dziya dzinonakidzazve. Makaona here kuti Bhandomu yangu yandakaumba yakatsva zvakanaka pamoto wendove. Ndakaitunganisa neyaHarigutwi wekwaKwambana, yake ikatyoka nyanga. Ko, nhai mukoma, mombe mhenyu dzinotyokawo nyanga here kana dzarwa?" Zorodzai akabvunza.

"Ekwe-eko-o! Ukadaro chete unenge waigocheraa pautsi. Mudhara uye wawakaona akati toshororo madekwana, unobva waona uturu hwake hwese hwunenge hwerovambira. Tinorohwa tikazvirega. Ikoko kurwisanisa ngavi kwatinoita ndekwemisikanzwa yekumafuro kuye. Hazvitaurwe kumba izvozvo. Zvinotukisa kana kurovesa." Pimai akamupindura.

Mukudoka kwezuva vakomana vakati pfacha kumatanga mombe dzichiti mho-o mho-o kuchema zvakasiyana-siyana. Ungati dzimwe dzaichema kuvharirwa semunhu atongerwa kugara muchiturongo kweupenyu hwese, asi mhou dzaioneka kufaranuka dzichifarira kusanganiswa pamwe chete nemhuru dzadzo idzo dzakange dzasara

24

mukadanga kadiki dzichichengetedzwa kubva kuzvikara kana kuraswa nevafudzi. Vakomana ava vakaita chipitipiti kuzarira mombe mudanga rainge rakawakwa nemapango akasimba emugodo, richizarirwa nemipfigo yemitsatsa. Zorodzai ndiye akapihwa chijana chekuronga mipfigo yacho pamusuwo wedanga zvichiitirwa kuti adzidze pamwe chete nekujairira kuita mabasa echikomana kumusha. Vachipedza kuzarira mombe kudaro, Pimai akati, "Zoro, kwiraka padanga uverenge kuti tavharira mombe ngani."

"Zvakanaka mukoma." Zorodzai akadavira.

Haana kutora nguva refu ndokuti kata kata pamapango edanga kudzamara ati tori kumira pamusoro paro sebango rainge rakati twii nechekudivi kwake iro raishandiswa pakuteya mheni sedziviriro yekuchengetedza mombe panguva yechirimo. Pabango iroro painge pakaiswa tsumba, mushonga wekudzivirira kurohwa nemheni kwacho.

Zorodzai akaverenga nechinyakare achiti, "Motsiro, dendere, ragara, mashanwe, mbimbirizha, pamuromo, pegange, gangaridza, maringohwe, gumi rawa, gumi rawa neimwe, gumi rawa nembiri…" Akaverenga kusvika kumakumi maviri nesere.

Akazobvunza achiti, "Mhuru ndoverenga here nhai mukoma?"

"Iwe wange uchifunga kuita sei?" Pimai akapindura nemubvunzo.

Zorodzai akamboti zi-i nekugumirwa. Pimai akaenderera mberi achiti, "Ita chero zvawafunga. Chero uchiona zvakakodzera."

"Pakanaka mukoma." Zorodzai akadavira.

Akaverenga mhuru achishandisa mamwe maverengero echinyakare aakadzidziswa nababamukuru vake SaHazvi.

Vakoma vake vakashama miromo vachimunzwa achiti dedemu, 'Poshi-poshi, mhingepinge, kwendamaringa, DzaMandereka, Chitotombwi, Chinevauya, Vauyakupa, Kupanemwoyo, Kuti vasvika, rasvika zana …'

Vakatarisana kumeso ndokunyemwerera zvisinei kuti nyemwerero yacho yakange isisaonekwi nekuda kwekudoka kwezuva nyangwe zvazvo kwakange kwakachati piriviri rukunzvikunzvi. Vakafamba vachiimba vachiti,

Poshi piri dzaVaTsuro,

DzaVaTsuro pamutanda umwe

Mutanda umwe waVaJakachaka…

Vakomana vatatu ava vakasvika pamusha pavo pakaita dongo, pasina kana ani zvake aivepo. Vabereki vakange vasipo. Chakavashamisa ndechekuti huku dzakange dzavharirwa muchirugu, uye mbudzi dzaingomemedza dzatovharirwa muchikwere madzo. Ndiro dzakange dziri padara apo dzainge dzayanikwa. Duri nemutswi zvaingovemo muberere, nechekuruboshwe guyo nehuyo zvichitsinhirawo kuve midziyo yepamusha. Vakomana vakashaya kuti mhuri yavo yakange yadyiwa neiko.

"Kuti pane kwatizira musikana here mumusha uno mhururu ikakwezva, ani zvakewo pano?" Pimai akabvunza.

"A, iwe! Pane kwauri kumbonzwa kudandaurwa kwengoma yemhemberero yacho here? Tikwanire!" Muchazondizonda akadaro.

Ipapo Zorodzai akabva abata mashoko ake maringe nezvaakange achida kutaurawo.

Akafunga kuti, 'Ewo, regai ndizvinyararire, kuri kunongedzerwa hangu kupusa kwekudhorobha.'

Vakomana vakaruka zano rekuronda kwakange kwaendwa nemhuri yavo. Vakakatanura ndiro dzese kubva padara paye ndokurongedzera mutswanda. Vakaisa tswanda iye mubikiro raive nemusiwo wakange wakangonzi kweche sumbunuro isina kunzi gorogoje kukiiwa. Vapedza kuita saizvozvo, vakazvuva mukowa uye ndokuti pfee mwana wesumbunuro iye pahwangwadza yaive paguyo rainge rakakwidibidzwa, huyo yaro yakanzi tsve-e pamusoro. Apa ndipo paizivikanwa nevemhuri chete kuti ndipo paigara sumbunuro. Vakomana vakafamba vakananga nechekuChirimwana sezvo imwe misha mizhinji yekwaShanzi yaivandira kudivi iroro kupfuura divi rekwaRukwamadombo.

Vakomana vachingoti pote, vakashamisika kuona darautsavana remoto rakange rakabakidzwa pamba pambuya vavo, Mbuya Beauty, vaive mai vemadzibaba avo. Vakashama kuti chii chakange chaitika. Vakafambisa vakanangako. Vakagamhwa nekamureza katsvuku pamukowa. Vakakatyamara kuti rufu rwakange rwabvepi, uye vakange vasina kunzwa kuridzwa kwengoma yeshima semutovo wekuzivisa vanhu nezverufu rwacho. Vakabvunza vavakatanga kusangana navo pamusha pambuya apa ndokuudzwa mashura ekuti papange paitika nhamo. Vachingoti ba-a kusangana namai vavo, mhere yakabva yakwetsurwa naivo nyakutumbura.

"Pimai kani iwe-e! Mucha kani iwe-e! Tete vaenda kani! Vana vangu munosara naaniko iriyo yega hanzvadzi yababa venyu yakasara kani-i!"

Mamwe madzimai akapindawo pachiriro semurawo wekuhwihwidza panhamo. Vakati cheme cheme ndokuenderera mberi nezvavakange vachiita. Pasina chinguva, chikwee chakange chotorohwa pachoto pavakange vari.

Zorodzai, Pimai naMuchazondizonda vakananga mubikiro ndokubata madzimai aivemo maoko nemaoko. Vakandoti kotsokotso pana nyakufirwa, ndokuvabatazve chishanu chemaoko.

'Ko, gogo ava havasi kuchema sei?' Zorodzai akazvibvunza nechemumwoyo.

Chaasina kuziva mukomana ndechekuti vakange vatira nadzo ndufu. Mbuya ava vakange vakazvara vana gumi nevaviri, asi mufi akange ochemwa apa akange ave wechisere kutorwa naChimedzamatore sezvinonzi vakange vakaberekera ivhu. Pakasvika shoko rerufu rwemukunda wavo Timilda, vakangoti do kamusodzi neziso reruboshwe, ndokubva vakurumidza kugamuchira kuti kufirwa rwakange rwave rwiyo kwavari. Vaingoringa kumeso kwaani zvake aisvikapo achihwihwidza achichemedzana navo semucherechedzo wekuti vakange vagamuchira kubatwa maoko.

Vakomana vaye vakabuda mubikiro ndokunanga padare pakange pane darautsavana riye. Vakasvika ndokubata vanhurume vese vakange varipo maoko zvetsika yekubata maoko yavakange vakajaira. Vakazondoti tshokotshoko panzvimbo imwe chete sezvakange zvakaita vamwe nekuda kwechando. Ichowo chando chaibvunza ani zvake mutupo, chichituma kamhepo kaidetembera kachibva kumabvazuva kapatsanurwa kubva kumafuro eMukunda negomo Mukunda kakananga kugomo Bura kopotsera kuenda kuKafiramberi. Vakomana, Pimai naMuchazondizonda vakaombera nhema vachiti, "Manheru vanababa! Nematambudziko!"

Varume vakuru vaive padare vakadairirana. Moto waive darautsavana zvavo vakarongerwa matanda emutsatsa, minhondo, nemipuranga yaitezwa kuWattle Plantation. Moto uyu wakatadza kudarautsa vanhu sezita ravo nemhosva yekuti kachando kaiveko kaicheka-cheka zvakanyanya. Vamwe vakatotsumba kuti dai kwaitazve zvimwe zvoto kumashure kwavo zvekudziisa misana. PaShanzi pakagara zvapo pachitonhora nekuti pakati tunhu zvekutambira mhepo inobva kunyanza yeIndian Ocean ichipfuura nemuMozambique. Mhando nemhando dzemajuzi nemabhachi dzakange dzakabopwa pamiviri usiku uhu. Varume vakaroorerwa kwazvo, vakashanda kare nevaive nevana vaicheuka vabereki vaioneka nekuzviti tiba kupfeka majazi anodziya. Vakomana vechidiki vaikararira kuswedera pedyo nemoto kuti vadziirwe. Nyaya dzerudzi rwese dzaitsva padare apa.

"Muri kuziva here kuti pasi rese raita rimwe denda remanyepo maringe nedenda reDzihwamupengo iri? Vamwe vatungamiriri vedzinyika chaivo vari kubatwa mumanyepo anonyadzisa fani. Kuzoti vemadzichechi nemapepanhau, unotoshaya kuti utevedzere zvipi." Sabhuku vakadaro.

"A, ungataura zvemanyepo, usingataure kuba chaiko. Hameno kuti sei vanhu vachiita zvivindi zvekuba tunhu twunenge twanzi tusvitswe kuvarombo? Pasi rino harina mutsvene." Mafundufuwa akadairira.

"Ehunde wena! Peno kuti ngenyi. Ipapa hazvishamisiba kuti mutumbi uzosvike kuno vanhu vanenge vatopinda muhomwe. Hakusi kuremwa here kudya nevashakabvu. Rekani hanu mwiizoona amweni achizopenga kana kutadza kuita zvisvinu." NdiMupositori uyo.

Paitaurwa izvi, vamwe varume vakange vachizuva pamusoro peDzihwamupengo, vekunyepera kuziva vachimwaya mashoko akaora nemanyepo. Vamwe vaizevezerana maringe nekuuya kwakange kwaita shoko renhamo iyi.

"Takambokudzidzisa paye kuti munhu haaurawe, haisi imbwa. Uchazvirangarira here Zoro?" Pimai akabvunza.

"Hongu mukoma!" Zorodzai akadaira.

"Handiti wazvinzwiraka wega zvichitaurwa pano kuti ingozi yauraya Tete Timilda? Munhu asina mhosva ndiye azoenda zvino, nyakuparanzvongo ari zvake pe-e kugara pachigaro apo achiti bwai bwai. Vanhu vachapera nechakapedza mbudzi nengozi iyi mumusha muno. Mushonga wengozi kuiripa. Zvino tete zvavaenda kudai handiti mumwe nemumwe wedu ari kuzvibvunza kuti achatevera ndiani pavana vambuya vanonwe vasara. Dai museve vacho ukasazopotera kuna baba vedu." Muchazondizonda akakungura.

"Saka kureva here kuti babamukuru avo ndivo vakapara ngozi yacho nhai mukoma?" Zorodazai akabvunza.

"Iwe usanongedzere munhu mhani, unotitangira zvimwe pano! Dzidza kubata mashoko kamwe munin'ina. Inga ndataura izvozvo kare. Hameno hako uchanzwika. Unotiuraisa!" Muchazondizonda akatsiura.

"Ndazvinzwa mukoma. Ko, zvazviri kunzi mufi akafa nekuda kweKorona, saka zvichafamba sei? Ko, inga zvinonzi sabhuku vakati vanhu havafaniri kuungana zvekupfuura makumi mashanu panzvimbo, hepo pano zvatinotopfuura zana, kuzoti madzimai ari kuchoto uko, handichareva. Kungoti hazvo kune rima handichanyatsoona, asi pano pakawandiwa chaizvo."

"Zoro, dzidza kuti hakuna ani zvake ane gwaro rekufa rakazombonyorwa naMudzviti kuti uyu afa nengozi yemumusha. Isu vagari vemumusha tisu tinoona kuti apa paita pfumo rengozi risina muvhiki. Ndizvo hazvo kuti rufu murau waMwari, asi rwengozi rwunotaura rwega kuitira kuti muone kuti inoda kuripwa.

"Ehe, vanhu pano vari kurutsa kutaura zveDzihwamupengo sezvavakangoitazve pakafa babamudiki kuChimanimani mumafashamu eIdai wakafusirwako nemabwe zvekutsakatika. Ngozi inogara yakateya mukana. Mweya wengozi haupotse

31

sezvinomboita mariva ako zviye. Ngozi inobata kupfuura mariva, madhibhura, urimbo, misungo, mikuni nezviduwo. Kana yada zvayo unonamira paurimbo hwayo. Nyangwe godobori rikada kukukatanura rinotonamwa namwawo maoko aro. Ndizvo zviri mumusha uno. Unoti vanhu vese ava kusada kuteerera sabhuku vavo here, kana kusatyawo iro Dzihwamupengo racho? Hapana anoda kufa akaringa munin'ina. Nyangwe ivo sabhuku uchaona kuti havatozvibvunze nekuti vanoziva kuti uno musha wengozi, zvekunzi Korona Korona izvo idambe."

Madzimai aive kuchoto akaridza chikweye chakataramutsa mamwe madzimai akange achiimba ari pamusuwo webikiro ndokubva ati dzamu kuenda kuchoto ikoko. Ikoko kuchoto chemadzimai ndiko kwaive nemazauone enyaya dzengozi dzaipfumburwa pachena nevaroora. Vaye vekungwarangwanduka ndivo vaivharira vamwe nekukwidza inzwi vachitsimbirira vaitaura zvinyoronyoro.

"Musha zvavapera nhai vasikana imi. Chifo chemwedzi chaiyo tisina kuungana pano. Imwe misha iyi takagumisira kuibata maoko riini? Ko, ipo pari kushaya here anorova bembera kana kumunanga Joromiya wacho achiti, 'Tarisa uone tapera, ripa ngozi yako shamwari zvipere.' Hapana gata richadiwa apa. Zvava pachena izvi semabvi embudzi kuti ngozi iri kukwekweta ropa mumusha uno. Tarirai iye akasosera mhuri yake, pamba pake hapasati pambofiwa, asi kwevamwe rwakadzokorodza rwadzokorodzazve rufu. Munoti zviri zvega here izvi?" Mai Ruramai vakadaro.

"Ihwo hunhu hwengozi hauna manyanisi mufunge. Inonyenyeredza nyakuipara yotushura vasina mhosva. Zvakaoma vasikana. Zvino uyu Timilda achatovigwa sezvakaita Yolanda gore riye rakatanga Shuramatongo? Handiti munorangarira kuti akauya akaputirwa mubepa akavigwa asina kana kugezeswa nanamai vemubvuri? Takamurasa sembwaka paye. Mutumbi vake handiti hauna kana kumbotenderwa kupinda kana kurara mumba." Mai Makandinzwandiwani vakadaro.

Madzimai akapupudza achironda zviitiko zvendufu dzakange dzakamboitika munharaunda iyi.

Chitsauko 4

Pamambakwedza, vemhuri yakafirwa vakapinda mumba ndokuita zvirango zvemumusha mubikiro mainge makagara mbuya Beauty nemamwe machembere. Babamukuru Joromiya vanova vaive mukomana mukuru mupenyu mumusha umu vakasuma munin'ina wavo. Munin'ina akaitawo saizvozvo kusvikira zvasvika kudangwe remunin'ina mudiki akange ari mumba imomo, Zvikomborero.

Zvikomborero ndiye akazosuma zvirango zviye kune madzimai akange arimo achiti, "Izvo zvatiri kupihwa izvo vanamhayiyo."

"Ndauwe-e!" Madzimai ese akadairirana.

Musumo wakaenderera mberi uchingonzi, "Maiguru, kwazi ndimukoma musha wavirwa ngenhamo, Tete Timilda vatisiya vari kuJoni. Shoko riri kunzi raonekwa padandemutande parakapotserwawo nevatisingaziviwoba. Saka kuri kunzi zvataungana kudai tichironge matsonzoro ekuti nyakuenda auye mumusha tomuchengeta zvakanaka. Ndivo marango ari pano pari zvino vana mhayi. Maiguru matinditsvitsirawo kunana mhayi."

"Vana mainini zviri kutaurwa izvo!" Mai Ruramai vakasuma.

Madzimai akabva atanga kuhwihwidza sezvinonzi akange achangobva kutambira shoko rerufu racho. Pasina nguva chiriro chakabva chati dzitya semwenje wanzi fu-u mhepo.

Babamukuru Joromiya vakati sumu ndokundoti gwada gwada pachikuva chaiva mberi kwebikiro iri. Bu bu bu! Vakaombera. Chikuva ichi chaiva chakavakwa chichindoganhurana nechigarawakuwasha nechedivi rerudyi kana wakachitarira uchibva kumusuwo. Machiri maive makarongedzwa migomo yemvura nenhurikidzwa dzemakate. Nechekumusoro kwechikuva ichi kwaiva kwakavakirirwa pekushambadza mhando nemhando dzendiro nemakomichi esimbi needhaga zverupawo rwakasiyana-siyana. Midziyo mizhinji yaive iri mbure mbure nemaruva anoyevedza. Nechekumusorosoro kwakange kwakadzurwa nemupfukumbwe ndokutarwa kuti *Merry Christmas,* mavara acho akakombwa nenyara dzemifananidzo yemaruva. Nechekumberi kwaive nendiro yemuti wemuonde. Babamukuru Joromiya vakati kwidibu hwidibiro yendiro iye yaive yemuti zvakare. Mundiro maive nenhekwe yakagadzirwa nenyanga yembudzi. Vakati biku nhekwe iye ndokuibvisa kamuvharo kayo kemuti ndokuti gu gu gu bute kubva mukanhekwe kaye vachigumhira pachimano cheruoko rwavo. Vakati tsunye bute riye ndokuti kwe-e kwe-e kukwevera mumhino dzavo. Hotsi! Hotsi! Hotsi! Babamukuru Joromiya vakahotsira, dare rezvirango ndokuti bu bu bu kuombera. Vakagadzika nhekwe iya yakati twi mudiro. Vakazora-zora bute rakange rasarira mumaoko avo ndokuzopuruzira mumusoro mavo wakange wakati mbu-u kuchena neimvi. Bu bu bu! Vakaomberazve. Vamwe varume vakadairira nekuomberawo maoko. Madzimai akange akati deshe kugara pasi nechekudivi rekuruboshwe kwemba akaomberawo ndokutsinhira nekamhururu apo varume vakapedza kuombera.

Babamukuru Joromiya vakadetembedza vachiti,

E, baba Doro, Mheta Saunyama,

Nemi baba Jinda, baba Runjekete nababa Runembo,

E, Mbuya Mupodzi dzinde redzinza,

Tinokusumai misodzi yedu iri pamatama,

Nekususukidza nzira yemukunda vamadaidza,

Kuti asogamuchire makate atichakubikirai,

Tinoziva, hasu kuti tine misodzi pamatama,

Asi kwamuri'yo muri kumupemberera semwenga,

Tizarururirei gwara zvirango zvifambe negwara,

Bvisai kukakakawadzana kunowanikwa mundufu,

Mashoko mazhinji tichareva mutumbi wave pano,

Mutitsvitsirewo mberiyo kwatisingaziviba,

Ekani waro Saunyama Mheta!

Bu bu bu!

Bububu! Mai Makandinzwandiwani vakaombera ndokuti, "Pamusoroi vana baba! Hameno zvimwe ndingarase muromo. Ndapota hangu, kana vana tezvara vozouya tinokumbirawo kuti vabveko vakadoma mai vemubvuri. Parufu rwaTafangemutsa paye pakazoita mbuya vakange voramba basa rekurara vakarindira chitunha vachihwanda nechitendero chavo. Rwendo rwuno hatisi kuda zvemakakatanwa nekuripiswa nemadzitezvara ngetwenhando. Chimbofungai kuti paye takaripiswa tichiviga ivhu nembatya chete dzemufi weIdai, kuzoti apa panenge pave nemutumbi? Tinoramwirwa tikazviregaka?"

"Taurai henyu maiguru! Apa pane nyaya apa. Hameno kana mitongohyo yacho tikaipedza." Mai Ruramai vakadairira.

"Zvino zvaari kuJoni uko ivo maborder akavharwa, zvichafamba sei? Mukati hatisi kuzovigazve ivhu nehembe zvatakabva kuita apa here? Ko, zvazviri kunzi vanhu vafa nechirwere chedzihwa ichi vari kupiswa, idiko here? Dai mutumbi wacho ukatopiswa havo zvitirerukire."

"Izvo-o!" Vanhu vazhinji vakagunun'una.

Mai Ruramai vakasimudza musoro semhakure ndokutosusumidza diti zvine ushingi. Mumba makamboita zhowe zhowe vanhu vozavaza nevaive padivi pavo.

"Ngatichiita dare rimwezve hama dzangu!" Babamukuru Joromiya vakatsiura.

Mbuya vakange vakangoti zvavo zi-i vakagara nechekumberi kwemba pedyo nechikuva. Vaiti vakati gare gare vokwenya musoro wavo nepamusoro pejira dema ravakange vapfekedzwa mumusoro nevaroora vavo.

Bu bu bu! SaHazvi vakaombera.

"Pamusoroi vana baba nana mhayi! Shoko randinaro nderekuti tichiri kuedza kubata munhu ane nhamba dzatumira shoko rerufu iri padare kuti tichiita hurongwa hwekundotora mutumbi. Pachadiwa matsamba ekufambisa kubva kuno kusvika iko kuJoni kwacho. Kochizoti, matsambazve eJoni ikoko ekumbeya-mbeya mumamochari tichitsvaga chitunha. Zvadaro, kana tauwana, tochizoitazve ekutakura chitunha kuuya nacho kumusha.

"Dambudziko guru riri pakuti hatizivi kuti musikana akange ashanda zvakadini, uye kuti midziyo yake yakawanda zvakadini. Dai taive nezivo, tangosimudza iri motokari hombe totakura mufi nekatundu kake. Dai dzisiri nyaya dzehonzwa dzinobva pakunyunyuta kwemweya yevashakabvu, taingoita zvemutumbi chete. Zvino hazviiti nekuda kwematambudziko atiri kusangana navo mumusha uno maringe nekutsaudzira nzira dzechivanhu tichitevedzera dzanyamusi dzatinongobatira pamusoro.

"Kuti tindundurudzanezve nemotokari hombe, zvinodhura uye zvinozogumbura sei kusvika tichiona asina kana nemucheka zvavo wekusunga rokwe. Handiti zvinonzi vana ava vane tsika yekukwereta mbatya kumadzishamwari avo kana voshanya kuno kumusha? Mungati ndave kutaurisa, asi rimwezve dambudziko gurusa ndere kuti akatumira shoko rerufu wacho haazivikanwe. Razongoonekwawo nemupwere rakushwa padare rendandemutande. Zvino munhu wacho haana kupa zvizere kuti ndiani, zvakaitika riini, uye kuti mutumbi uri papi. Saka haana kupa mashoko akaza…"

"Wave kudzokorodza zvatambonzwa kare iwe. Chinyarara, potse potse wave kuzopisira." Babamukuru Joromiya vakamuganhurira.

Zvikomborero akange akagara kumucheto kwechigaramakomucha ari mushishi kuronda nhaurwa yedandemutande pakanhare kake. Akadaira nyaya achiti, "Taurai zvenyu babamukuru."

Babamukuru Joromiya vakati, "Mazvinzwaka izvi vana baba nana mhayi. Pachabatwa basa guru apa. Panodiwa mari svinu. Pachada kutengeswa mombe apa. Zvino ini dzangu dzese zvadzine mhuru remazamu, tinopinda mudanga maani? Nyaya huru yataurika pano ndeye kututa midziyo yanyakuenda. Ha, ipapo panofanira kutevedzerwa nemazvo. Chakachenjedza ndechakatanga. Zvepfukwa hatichadiba mumusha uno. Muri kuona here kuti tiri kunongedzana uroyi muchimhukutira nepo dziri honzwa, pfukwa zvadzo dzekusafambisa zvinhu nemazvo. Kana munhu afa haasisiri hama yako. Garai makazviziva izvezvo."

Mai Ruramai vakapindira vachiti, "Ipapo mabaya dede nechigunwe mukanwa babamukuru. Ndiko kutaura kwasamushazve uku. Mati kudzoka kubva kuvarume kuri kuita vanasikana vedu kuri kwega here? Tarisai muone kuzara kwaita tsikombi mumusha nepo takazvara zvino zvibhamu zvemhenya. Wese aita mukomana wake, chikomba chinobvunzwa nehama kuti, 'KwaShanzi kunoroorwa munhu here?' Zvingoita nekunyadzisa kani. Aka tichine nechatinacho? Yati nhamo chete chete, zvichibva papfukwa idzedzo."

"Zvinhu zvacho zvinonetsa kani maiguru. Tsika dzemumisha nemitemo yenyika zvinodhonzerana dzimwe dzenguva. Sekuti, pana Yolanda taidiniwo kana weutano vakatipa chitunha chakaputirwa mubepa chobva chanzi shwe-e uku chakapfapfaidzwa nemushonga waitokachidzawo nesu wacho? Handiti takanzi nyangwe mbatya dzake tidzipise? Zvino handiti nyamusi uno tiri kutambudzwa nemweya wake uchiti takamusema? Ko, isu taizoendera vemutemo mberi here? Nyangwe kunyeperana kwataiita paye kuti chinamato chinopedza zvese, zvakabatsirei. Inga takasara tave midzonga nekutsanya? Dai kunamata chete kwaipedza zvese, maporofita embiri eHarare uko angadai asiri kunamatira varwere veDzihwamupengo iri here? Zvino, handiti zvinonzi vakati kotso mudzimba dzavo vari dzwi-i? Ndapota, vana baba, rongai savanababa rwendo rwuno." MaHazvi vakadaro.

Imwevo mai yakadaira iri kuseri kwemusuwo ichiti, Vanorongeiko chinobuda ava? Basa nderekungoti puru puru mabhurukwa zvenhando mumusha uno vamwe vari kumabasa. Mirirai zvenyu vakomana vekudhorobha vauye zvimwe tingaitirwa zvisvinu. Chiri kurongwa chii ipapa ivo vanhu vasina kana nembwa zvayo yekukandira sadza nekuda kwenzara. Ptu-u!"

"Izvo-o!" Vanhu vese vakagunun'una.

SaHazvi vakati, "Ndanzwa inzwi rako maTafangemutsa. Ndizvo zvavazvitira kuti kotshokotso kuseri kwemusuwo ikoko kuti uzomwaye pfocho? Iwe ndiwe umwe wevaroora vakuru mumusha muno, unoti vadiki vanozodzidzei kwauri? Ngei uchingodzongonyedza matare ese iwewe?"

"Kana murimi zvenyu babamudiki Handi ndinyararirei zvenyu kuti zi-i! Kana vanhu vachipedza gore vachiita zvirango zvisina pundutso ndinochifira mudundundu manje ndichibatwa nechiwewe ndakati bondokoto chisero mahara panapa? Chimbondiudzaiwo kuti chinguri tagara muno takatsvikinyidziraniranei kudai izvo zvirizvo zviri kurambwa nemutemo wekudzivirira denda reCovid

19? Chatabura kubva zvatasobvirira kutaura chii? Pamabvirira muchingoti, 'Izvo zvataurwa izvo vamai…zvirango zvedu izvo vanababa…kweduno…pwetere pwetere.' Zvenhando zvega zvega! Iko katsika ikaka kekudzokorodza zvanzwika nemunhu wese makambokatorepi kani? Kakatanga naani? Hazvireve kuti kana makapfeka mabhurukwa mochiti tororo pachigaramakomucha ipapo matove kumberi pakufunga nepakuronga kupfuura vanhukadzi. Kana nesuwo tinogona kutomabopawo mabhurukwa acho ivavo nekuronga zvine utesve pane zvamuri kuita izvi. Manje ini handisi muManyika, hamundigone! Rwendo rwunouya tichapagara tese pachigaramakomucha ipapo. Ende ndinoda kunzwa anoti bufu. Chinguri pamabvirira muchingoti pwedere pwedere. Rongai zvisinu apa, taneta isu! Ini handigararire zvematakasvina. Ndave kuenda ini. Vana mainini mozondisumawo dzomoto rinenge rarongwa muno." Mai Tafangemutsa vakapopota.

Vakati waranyu kusimuka pavakange vakagara. Babamudiki wavo wakange wakagara pedyo nemusuwo wakasandudzira musuwo ndokubva wati dhwa-a. Mai Tafangemutsa vakatarisa murume wavo akange akagara pakati pevamwe varume mumaziso ndokubva vati toshoro kuzvidzora vachidzoka kundogara pavakange vambori. Moto wakamboshaya anokwichidzira. Chiutsi chakange chopwititika mumba zvekuti vanhu vakange votosvorwa zvakanyanya sezvo musuwo wakange wakachanzi gorogoje.

"Maiguru kutaura havo nechigan'a, asi pasi pemashoko avo panenge paine zvisvinu. Kungoti hazvo kana munhu achitaura seanopopota vanhu vazhinji havazonzwisisi musoro wenyaya vongoti dhwa-a dhwa-a nzeve dzavo. Ngatironge zvine pundutso sevakadzi nevarume vakuru." Mai Mukonowatsauka vakadaro.

"Taurai zvenyu maiguru." NdiZvikomborero uyo.

Vanhurume vakange vozevezerana variko kuchigaravakuwasha.

"Ewo-o semukadzi!" Mbuya Beauty vakaerekana vataura vega. Vakange vari munhaurirano nemunhu akange asiri kuonekwa nevese vakange vari mumba. Zvakange zviri zvepamweya chaizvo.

Vamwe vadare vaigunun'una kumhurwa kwavakange vaitwa namai Tafangemutsa, vamwe vaikurudzira kuti vatanhaure mashoko ane musoro pane marara akange ataurwa iwavo.

Mai Makandinzwandiwani vakati, "Zvino Korona yacho zvaichatisiya tiri pachena kana zvichinzi hatiunganire chitunha, saka isu varoora tochidini manje. Handiti parufu ndipowo patine mukana wekushonongorwa tichitamba chiroora. Rwendo rwuno toshaiswazve here vasikana. Inga ngozi dzemumusha muno dzakaoma."

Vamwe varoora vakange vakapfinya chisero, vamwe vakatambarara vakati dzwii sevasimo.

Mai Ruramai vakati, "Ko, nhai vanhuwe! Tiri kuzvinetsereiko isu takabara musoja nemupurisa mumusha uno. Tadini kungotuma ivavo kuti vafambire nhamo iyi? Handiti vanoita mufambanyore nekuti vanenge vachipfuura nepane vamwe vavo? Kana ari zvake Zvaguma, vese vari pamugwagwa vanenge vachitomukwata vachimupa sarupu dzisingapere. Hameno kuti nguva yese iyi sei ndange ndisiri kuzvifunga nhai zvenyu imi." Mai Ruramai vakaoneka nemurima mese kujeka kumeso kwavo nemufaro.

"Ahiye yiye woye-e! Munofunga kuti zvamuri kutaura inyoresu? Vana ivavo havangoite zvavanodaka nemutemo. Kumabasa kwavo kune mitemo yakakoshesesa inovasungira kuita zvinhu negwara rakanaka. Anotsaudzira chete anosangana nacho. Munoziva here kuti kune jeri remapurisa, uyezve mauto aneravo? Uko hakuitwe zvedambe zvamuri kufunga pano. Pedzezvo mazuva ano kwave nemutemo unosunga ani naani anoshandisa masimba ehofisi yake kuita zvisiri izvo. Ngatisiyane nepfungwa yamauya nayo iyi. Tinodzingisa vana pamabasa. Nyangwe ivo, handifungi kuti vangadyira uroyi mukunyara." Vamwe bambo vaimbove muuto vakakuma.

"A, mirai tione!" Akadaro Zvikomborero ari panhare yake. Meso ake akange achiti nyangarara nekushamiswa. Vanhu vese vaive mumba vakati dzvoko kwaari. Iye akati jo jo jo panhare iye ndokuzoti tsve-e panzeve. Nhare yakatadza kusvika nekuda kwemari.

"Ha-a, haisi kuita mhani! Pane zviri kuitika zvandisina kunzwisisa apa. Ndiri kuona mifananidzo yaTete Timmie yapotserwa nyamusi chaiye pa*status* yavo. Ko, ane nhare yavo ndiani zvakare?" NdiZvikomborero uyu.

Mukomana akapotsera mashoko munhare achiti, "Makadini zvenyu? Ini ndiri hanzvadzi yemuridzi wefoni, Zvikomborero. Ndiri kutsvagawo Timilda."

"A, nhai *umshana wami unjani?* Ndini. Kuri sei kumusha?"

"Ndizvowo. Chimbonditumiraiwo mufananidzo wenyu, takusuwai."

"kkk *Ok Soon* kkk"

Zvikomborero akashama nezvakange zvichiitika izvi. Mhomho yese yaingomunzwa achiti, "A!"

"Vana baba nana mhayi, chimbomirai. Pane zviri kuitika pano. Mukati haasi manenji iwaya?" Zvikomborero akadaro.

"Chiiko mwanangu? Tinodzoka totyazve." Joromiya akadaro.

"Chimbomirai tione babamukuru." Zvikomborero akadaira.

Babamukuru Joromiya vakabva vati, "A, saka zvanakazve kana pane ari kukuudza kuti Timilda wacho arere mumochari ipi. Izvozvo ndizvo zvingatorerutsa mutoro. Vadzimu vazarura nzira. Mazvionazve!"

Pasina nguva, nhare yakati ti ti ti kurira. Vanhu vese vakati dzvoko kuruoko rwaZvikomborero rwainge rwakabata nhare. Zvikomborero achiona mufananidzo wakange watumirwa panhare, pfungwa dzake dzakamhanya dzichiti, 'Handingadaro ndichitaura nechipoko?'

Akapokonora shoko rerufu riye kubva kudare redandemutande raakange arionera ndokuti nha-a pakero yenhare yaTimilda sezvazviri richiti, 'Kuno ku*Joburg* kwafa mukadzi anonzi Timilda Shanzi neCovid 19. Chitupa chake chinoratidza kuti anobva kwaHandizorori. Hama tinokumbirawo kuti mutenderedze shoko iri muma*groups* amuri, hama dzake dzizive.'

Zvikomborero akaramba akadzvondora panhare achironda kuti achapindurwa here. Pasina nguva akaona kuti pakero penhare yaTimilda pakange ponyorwa chinhu. Akanzwa mwoyo kuti nyuku nyuku.

'A, nhai *umshana wami*. Munondishurureiko kudai? Ko, izvi mazviwanepi?'

'Mubvunzo wangu ndewekuti muri mupenyu here tete?'

'A, ndichiwanikwa ngei hangu ini muera Shato. Tingohyiwa ngenyi ngekuwawa nhai Chikata?' Yakadzoka mhinduro. Yakazoenderera mberi ichiti, 'Ya-a, ndazviziva manje. *Message* iyoyi inofanira kunge yakatumirwa nemumwe bharanzi wandakaramba. Ishungu dzekuda kundifinhura chete. Manje ini ndave kutomutambawo yakapfuura iyoyi. Pake ndinotoisa nemufananidzo chaivo. Regai ndimbotange ndatamba nawo pa*photo grid* kuti zvityise kkk. Handiti ndiye atanga *game* racho, handei tione kkk.'

Zvikomborero akapindura achiti, 'Zvino kuno takatoungana pamariro enyu kkk.'

'Hii! Kundishurudzira rufuzve uku nhai mwana wehanzvadzi. Inga manenji chaivo. Manje handife zvekumhanya ini muNyaMheta kkk'

Vanhu vakange vakachati zi-i vachimirira kusumwa mashoko naZvikomborero. Iye akasumuka ndokuti kete kete nhare yake ichiti wai wai kujekesa pese paaitora mifananidzo. Akabva aitumira pariporipotyo.

Bu bu bu! Zvikomborero akaomberera ndokuti, "Pamusoroi vanamhayi! Pamusoroi vanababa!"

"Iwe tikwanire! Vakamboona kupi dare, rinotanga kusumwa vanhukadzi? Haudzidze wakaitwa sei?" SaHazvi vakatsiura.

"Aivazve ba'mudiki! Musafurutsa mutakuri weshoko rakakosha netutsika twenhando. Dai ndirini wamadaro ndaibva ndazviramba ndoti dzwi-i toona kuti munondidini." Mai Tafangemutsa vakadaro.

"Mukadzi iwe wakaunzwa mumusha muno naSatani chaiye. Haunyari kuita hufuriri nguva dzese? Saka torega here vana vachiti pfocho musango takatarisa?" SaHazvi vakapopota.

"Imi vaviri chimbosiyai zvedaka renyu kani tinzwe zvisvinu!" Mai Makandinzwandiwani vakavadzora. Mbuya Beauty vakange wotsumwaira zvavo nekuneta kubatwa maoko kwavakange vadokerwa vachiita sebasa. Zvikomborero akati simu ndokuratidza madzimai mufananidzo uye wakange watumirwa naTimilda. Madzimai achingouti ba-a, akaikwetsura zvakare mhere ndokutanga chiriro.

"Mirai kuchema vanamhayi! Handisati ndapedza kutaura. Musikana uyu mupenyu. Ndataura naye. Ndiye atonditumira mufananidzo uyu izvozvi. Anoti iye shoko rekunyepa rakatenderedzwa pamatare edandemutande seshaisano nemuvengi wake."

"Hi-i!" Vanhu vese vakashamisika.

"Ngaaripiswe mombe chaiyo inotsika munhu iyeye!" SaHazvi vakashevedzera.

"Haiwa, zvanakirezvo!Handiti vamwe mange muchinditendeka uroyi muchiti Timiridha aurawa ndiJoromiya sezvamunogara muchindiita pandufu dzese. Zvinozve uyo, mupenyuka? Chitaurai tinzwe. Ndacheneswa naMwari nevadzimu."

Dare rakaonekana vanhu ndokuti aziva kwake aziva kwake.

Chitsauko 5

Nekufamba kwenguva, chifo chemakumi maviri nekuravidzira emazuva, ngoma yeshima yakamukira kudandaurwa sehoka pagomo reBura imo mudunhu raSabhuku Shanzi, sehoka. Pasina nguva refu, vanhu vakuru vese vakandoungana padare raSabhuku Shanzi, vachimirira kusvika kwaivo changamire semurawo wedare. Sabhuku vakati vhu-u padare paye vachibva kuhozi kwavo.

"Mangwanani akanaka vanhuwe! Changamire vedu, Saunyama Mheta vatiunganidza pano kuti vatipakurire mashoko mashomanana ari kupisa chipfuva chavo semvuto." Mafundufuwa akadaro.

Bu bu bu! Mafundufuwa akaombera achiti, "E, Svongorongo! Pwere dzenyu dzaungana zvino kuti mudzipe marango eDzimbahwe. Ekani waro Chikata, dare nderenyu Chifambanedumbu! Ehunde, Nyokahuru!"

"Ndekuno Chihwa!" Sabhuku vakapindura vakagara.

Vakange vakati dzi kugara muchigaro chavo chiye. Vakamhoresa dare nekuzunzira mushwe wemvumba wavakange vakabata mudenga.

"E, hama dzadiwa!" Sabhuku vakadaro ndokumboti zi-i.

Vakaringa-ringa vanhu sezvinonzi vaive nemuroyi wavaitsvaga mumhomho yainge yakati ware ware padare ravo. Vakazoenderera mberi vachiti, "Ndinonzwa kuzarirwa zvikuru nemashoko andinawo panapa. Haisi nyore kuti zuro ndizuro sabhuku vanenge

48

vakohomedza nezvekuchengetedzwa kwetsika dzemadzitateguru zvakazara, pedzezvo sandu kuminya ja, voti chidzitsvetai pasi. Handiti zuro rino takatsiura vamwe pano nenyaya yavo yekusada kushanya, kubatana nevamwe mudzindufu, pamwe chete nekuenda kuhumwe? Zvino nyamusi ndauya nejakuchichi chairo rinovavira tsika dzedu kupfuura nhundurwa."

Sabhuku vakamboti zi-i zvekare vakatarisa mudenga. Vakamboita sevayeverwa nemakore akange achitaramuka pane mamwe. Vakaona kuparadzana kwavo kuriko kwakange koita tsika dzechivanhu nevanhu vavo. Mwoyo wavo wakanzwa kunzi ju-u kubaiwa. Vakati befu ture.

Sabhuku vakaenderera mberi vachiti, "Zvandange ndisipo nezuro, ndakange ndakokwa kuPenhalonga kumusangano nevakuru vezveutano vakabva kuguta reMutare. Hama dzangu, zvatakanzwa zvinokunda ngoma kurira. Zvikukutu. Chokwadi midzimu yepasi rino yakatsamwa. Yedu ikave nane, isu takachagwinya. Zvinonzi kunyika dzemhiri kwemakungwa hakuna kumira zvakanaka. Vanhu vaitwa murakatira naro denda reDzihwamupengo iri. Ndiri kutaura zvekufa kwevanhu vanopfuura zviuru pazuva rimwe chete munyika imwe chete."

"Hi-i!" Vanhu vakashamisika.

"Zvinonzi idzo nyika dzakabudirira dziri kutapurirana denda iri zvisingaite."

"Haisi *Chemical and Biological Warfare* here nhai *Afande?*" Mumwe aimbove murwi werusununguko panguva yehondo yeChimurenga akabvunza ari mumhomho.

'*The CBW initiative.*' Mashoko aya akauya mupfungwa dzasabhuku.

Mubvunzo wakomuredhi waye wakange wadzora ndangariro dzavo munguva yehondo yerusununguko apo vamwe vavo vakapiswa ne*naptham*. Pauso hwavo vakaona umwe aive mutungamiriri wavo kuhondo akange abva kuRussia achivadzidzisa nezvezvombo zvehondo zvine chefu kana shomwe achiti, 'Madzakutsaku ave kushandisa *Vibrio cholerae*, *Bacillus anthracis*, *Rickettsia prowazekii*, *Salmonella typhi*, *ricin* ne*botulinum toxin* muhondo ino, asi takachengetedzwa zvedu nemweya yaMbuya Nyanhawu, Sekuru Nyaruwembere naMbuya Tangwena.' Sabhuku vakashuvira vachitizve nechemumwoyo, 'Dai mweya umwe chetewo vatichengetedza kubva kuhondo isina gidhi yotosangana nayo iyi.'

Sabhuku vakaenderera mberi vachiti, "Mifananidzo yatakataridzwa imi, zvinoita nekusiririsa kani. Hapana ari kusara ari mupenyu rwendo rwuno. Iyesu hari dzefanzirofa nevacheche tisu tiri kuitwa mutemarege hwembada nedenda iri. Vanhu vaikoko havachachemana, havachavigana, yangove pavafira ndipapo. Imwe-imwe woye, yangove hazvikurukurwi yakati gunguwo." Sabhuku vakatura befu.

Padare pakange pakati mwiro-o sepafiwa. Vaye vanosizevezera nhando padare vakange vapfumba hana dzavo mumaoko miromo ichingova atsa kushama. Mumwe mukadzi akati koso. Mhomho yese yakati cheu kwaari. Akabva atsikitsira. Imwe chembere yakati n'a tsamwa zvakatyora-tyora runyararo padare.

"Zvinosiririsa kani!" Mukadzi uye akarutsa manzwi akatsikitsira kudaro.

50

"Idiko!" Dare rakabvumira pamwe chete.

Mumwe mupositori wekuDondo kwaigara vatatsi akati sumu ndokutsenhura chimbo achidzungudza-dzungudza musoro uku achitsimbirira ndimi mumukanwa make,

Vakomana musanyengerwa nemufaro wenyika ino,

Mangwana munozochema apo Jeso vachizouya!

Mwari vedu havashanduke! Mwari vedu havashanduke!

Mwari vedu havashanduke, asi vanhu vanoshanduka!

Mupositori uye akaruimba zvake ega, asi vechitendero chake vakange vachidairira zvine mutsindo mumwoyo yavo. Kungoti hazvo paive pasiri pasangano rekereke, pakadaro ndimi dzaibva dzati titii titii titii kurira. Mafundufuwa akati dzvoko kumupositori uye.

"Kodzvo maziy….Titii titii titii titii titii titii!" Mupositori uye akashevedzera akatsinzinya, ndokuenderera mberi achidzungudza musoro senzuma yarumwa netsetse munzeve dzese panguva imwe chete, uku ndimi dzichidhiririma kurira.

"Moriya! Hakir…"

"Wapisira dare iwe mutatsi. Hezvo ndimi dzako dzisina kutsigiswa dzongodhuuka pese pese." Mafundufuwa akadaro.

Ndimi dzemupositori uye dzakabva dzati dzitya semoto wanzi po-o mvura.

"Dare rinoda jongwe kwauri. Wamhura dare." Mafundufuwa akatsinhira.

Zvemusi uyu padare apa pakange pakasiyana nezvemazuva ese. Vana vadiki vakange vasina kuenda kundofudza mombe vakange vakati deshe vari kudivi revateereri vepadare. Vakange vadaidzirwawo padare apa sezvo shoko raive naSabhuku Shanzi rakange riri remunhu wese. Vamwe vadzidzisi vashanu, vaviri vepaMupodzi Primary School, vatatu vari vepaRukwamadombo Secondary School, vakange vakatiwo gwada muvhu vachitevedza dare. Vadzidzisi ava vaizivikanwa kuti chigaririro chavo kuti havaisaenda kumisha yavo panguva yezororo. Vakange vave kuita kunge vana vemubhuku rekwaShanzi nekuda kwekuswera vachikoromora zvikwereti zvechirindira. Vakange vasisina musiyano nezvichoni zvemo kubva pamapfekero, magezero nematauriro. Umwe vavo chete ndiye aizivikanwa nekupfeka zimudzipanyota nekabhachi kake kamwe. Izvi akange asingakururi nyangwe kumaricho chaiko.

Padare pakamboita zhowe zhowe vamwe vopanana mazano ekuti vangaita sei kuti vakunde iro denda rakange rotyisa kupfuura shuramatongo. Vamwe vekutenda vaiti zvichapfuura, vamwe vachiti midzimu yoda doro kuti idzore kutsamwa, vamwevo vachiti zvakange zvoda Mwari mbune. Vaive nekutenda kushoma vakange vokurudzira vaive nezvipfuyo kuti vauraye mhomho idye zvayo nekuti nyangwe vekutengesera pakange pasisina, uye nyangwe kupihwa mari kwakange kusisina shumo nekuti denda raizongovahwepura mari iri muhomwe. Pakataurika zvakawanda.

Mafundufuwa akashevedzera achiti, "Ngatiite dare rimwe chete vabereki!"

Ruzha rwakati gwa-a. Sabhuku vakaenderera mberi vakagara pachigaro chavo vachiti, "Shoko randauya naro rinoti tichitevedzera tsika dzakatarwa nehurumende pagwaro iri maringe nekurwisa chirwere cheKorona. Sekutaura kwandakamboita pakutanga ndinotsinhira ndichiti tichambosendeka tumwe tutsika twedu twatakajaira, asi handisi kuti rasai hunhu muchizohwanda nemumwe. Haiwa, ipapo hatirase tsika dzedu. Angodzimhura chete, isu hatidzorewo tsvimbo nekuti gudo rabata kumeso. Nyanyn'a dzemuno tinokuzivai. Tichange takaisa meso pamuri. VaMafundufuwa verengerai vanhu mitemo iyi. Verengai zvishoma nezvishoma modzokorodza kaviri pamutemo umwe naumwe pasazoite anoti ndakapotsa kunzwa."

Sabhuku vakatambidza Mafundufuwa kamwe kapepa kaive kakatarwa uye kane mufanidzo wechaiita kunge gakachika rakati nyangarara minzwa yaro. Vadare vakacherechedza zvitamba zvemamwe masangano evabatsiri venyika dzemhiri kwemakungwa akange ozivikanwa, zvakanzi nha-a kuseri kwekapepa kaye.

"Ekani waro-o!" Mafundufuwa akachenesa huro.

Ruoko rwake rwainge rwakabata kabepa kaye rwakange rwuchidedera kunge tsanga iri pabopopo. Shaya dzake dzakange dzichihutirira sedzembwa yapotsa tsuro musango.

Akaenderera mberi achiti, "Vabereki! Ndichaverenga kamwe kamwe nekuti mese pano hapana asinganzwi."

Vanhu vakawanda vakati zhii meso avo kurutivi rwakange rwune vakadzi vese ndokuti dzvoko kune mumwe musikana airarama neumatsi. Mafundufuwa akamboti zi-i achiedza kukatanura mashoko akange akatsikiswa pabepa riye.

"Ekani! Ini ndinonzi Mafundufuwaka ini! Handingatamburi nekupedza inzwi nepo ndine varanda vangu pano. Sandizvoba yere vabereki?"

Haana kumiririra mhinduro ndokuti ga-a ga-a achiti zvekare, "Ticha Tafa, huyai pamberi pedare muverengere vabereki!"

Mudzidzisi akange adomwa akati sumu kubva pavamwe vake. Akati puru puru nerwubhurukwa rwakange rwakacheneruka uye kuumbuka zvekurasa rupavo rwavo. Zimudzipanyota rakange richimvemvereka mumutsipa. Rwubhachi rwakange rwakati kakada bapiro rerudyi netsvina rwakabva rwanzi koche pane rwekuruboshwe nebhatani apo akange achizvigadzirisa chimiro sezvinonzi aida kutungamira vana vechikoro pamakundano ekuimba.

Bu bu bu! Mudzidzisi Tafa vakaombera ndokuti, "Masikati akanaka Sadunhu vedu! Masikati akanaka vanababa! Masikati akanaka vanamai vedu! Masikati akanaka kana paine vaenzi vedu vatikuta pazuva rino! Makanaka akanaka…"

"Izvo-o!" Vadare vakagunun'una.

"Vapisir…" Mafundufuwa akaganura mashoko ake.

Akaita nhano imwe ndokuzevezera munzeve dzemudzidzisi achiti, "Wakarohwa nebhabharasi Tafa. Daidza mwana wechikoro atibatire basa mhani iwe."

"Pakanaka Mambo!" Mudzidzisi Tafa vakazevezerawo kwaari. Vakashevedzera vachiti, "Imi vapfana imi munoda kuti isu vakuru tiverenge imi makati deshe kugara ipapo sei? *Bhuratifuru!* Mu*Grade 7* ngaauye averenge apa. *Dhemeti!*"

"Ipai zvenyu Zoro ndiye wekutaundi!" MaHazvi vakashevedzera. Vakabva vati jinyu kunyemwerera vachiona mwana wemumba mavo achiti sumu pachaunga ndokuti dasvu dasvu akananga kumberi kwedare. Vakanzwa manyukunyuku ekutaridza dare rese kuti mwanakoma uyu akange akavashanyira. Iko kushambidzika kwakatsvinda kwaZorodzai kwega kwaipa vanhu mibvunzo yekuti mwana wekwaani. Njiririri riri riri! Njiririri riri riri! Njiririri riri riri! Zorodzai achingotambidzwa kabepa kaye, maiguru vake vakatsenhura mhururu sezvinonzi akange achigamuchira gwaro rekukunda pamakwikwi. Pane mamwewo madzimai maviri, aiwa, matatu akatsinhira mhururu iye zvechijairira. Mwanakomana, Zorodzai akamboshaya kuti oita zvipi. Akange adzimaidzwa nemhururu iye.

"Tsetsenura hako mukorore, vakunzwe!" MaHazvi vakashevedzera.

Zorordzai akati de de de achiti,

Covid 19 rules!

- *Inotapurirwa nekukosora kana kuhotsira.*

- *Kubatana nemunhu anayo sekumhoresana kana kumbundirana.*
- *Kubata midziyo kana chinhu chine hutachiona hwechirwere ichi.*
- *Kubata muromo, mhino nemaziso uchishandisa maoko asina kugezwa.*
- *Kubata mhuka dzinorwara kana kuti mhuka dzesango*

Zviratidzo ndezvinotevera: kupindwa nechando, kurwadziwa muchipfuva, kutemwa nemusoro, kurwadzihwa nepahuro nekukosora uchingochururuka dzihwa. Zviratidzo izvi zvinotanga zviri zvishoma, asi zvichizowedzera nekufamba kwenguva uye zvinogona kutora upenyu hwemunhu.

Ungaderedza sei mikana yeCovid-19?

- *Geza maoko ako nguva dzese pawakosora kana kuhotsira kana kubatsira murwere.*
- *Geza maoko ako usati wagadzira kudya.*
- *Geza maoko nesipo nemvura yakachena uye inochururuka kana wabva mukushandisa chimbuzi.*
- *Geza maoko usati wayamwisa mwana.*
- *Kana uchinge wabva kunyika dzine utachiona uhu, gara kumba kwemazuva 21.*
- *Regedza katsika kekubata maziso kana muromo.*
- *Regedza kushanya kunyika kana mamwe matunhu ane chirwere ichi.*
- *Siya mita imwe chete paunomira kana kugara nemunhu ane zviratidzo zvekukosora.*
- *Usabate mhuka dzemupurazi kana dzemusango.*

- *vhara mhuno nemuromo wako netishu kana gokora rako paunokosora kana kuhotsira.*

Zorodzai achipedza kuverenga, mudzidzisi Tafa vakati sumu ndokushevedzera kuti, "*Clap hands for him!*"

"Vapisir…" Mafundufuwa akamedzazve shoko.

MaHazvi vakati nyamu, ndiye mhururu tsuri vachiti tsvaru tsvaru pakati pedare. Apo vakange vongodara pasi vakafuratira kuvanhukadzi ndokuti fuku rokwe ravo kumashure. Vanhukadzi vakati bvu-u kuseka. Zhowe zhowe yakabva yatsunhurwa kumadzimai ikoko. Vamwe mai vakarutsenhura rwiyo rwavaiziva kuti rwaifarirwa naSabhuku Shanzi mushure mekuona uso hwavo hwati nyangarara nehasha dzedambe rakange roitika padare pavo. Ruchiimbwa kudaro, pameso pasabhuku pakange pati nyukunyuku nemufaro,

> *Mudzimu woye-e! Mudzimu woye-e! Vana tatambura!*

> *Heyaye-e! Mudzimu woye!*

Vanhu vakaruimba kusvika kumagumo arwo. Ipapo mupositori akange akasukutswa nendimi dzichitinhira pamwe chete nerwiyo. Mafundufuwa akange akacharemerwa neshoko raakange akapfunda nekuda kuripisa vamhuri vedare. Akazoriti tupfunyu nenzwi repasi pasi achiti, "Wapisira!" Akati befu kutura befu.

"Runyararo! Ngatichiitei dare rimwe chete!" Mafundufuwa akashevedzera.

Rwiyo rwuye rwakaramba rwuchiungira munzeve dzasabhuku zvekuti muromo yavo yaioneka kuhutirira vachiimbira mumwoyo. Rwiyo irworwo rwaivadzora mundangariro dzeshamwari dzavo dzakapararira musango panguva yehondo yeChimurenga.

'Nyika ino yakauya neropa. Kajiwa tarira pwere dzako dzakapombonoka. Mudzimu mukuru chirega chinya vana vadzikunurwe mudenda reDzihwamupengo radai kutekeshera nepasi rese. Nyaurimbo neve Nyaruwembere zvamurimi muchafuratira vana. Midzimu yenyika ino, taramba chiramwa chegurwe rinozvityora makumbo nekutsamwa. E, ndinozviziva kuti tinotsaudzira tsika dzenyu, asizve mugoni wepwere ndiye asinayo.'

> *Ekani waro Saunyama Mheta!*
>
> *Svongorongo!*
>
> *Chikata!*
>
> *Svosvanepasi!*
>
> *Chifambanedumbu!*
>
> *Vari Unyama,*
>
> *Nyanga!'*

Sabhuku vakadetembera mumwoyo.

Meso avo akati jee kutarisa mudenga apo vakaona chapungu, shiri yemidzimu, chichiti ze-e ze-e muchadenga chichichirika dare apo chaibva kuchamhembe chakananga kuMaodzanyedza. Nyika yakange yakati ziro, runyararo rwayo ruchingokanganiswa nekajongwemupengo kaingoti ko korigo zvenhando. Runyararo rwakazoputswawo zvekare naye Mafundufuwa akange opira dare kunasabhuku achiti, "E, Saunyama! Yapfa yapaiwa! Ekani Mheta!"

"Ekani waro Nhewa! Simboti!" Sabhuku vakadairira.

Vakamboti zi-i vachidzora pfungwa dzavo kubva kumadetembedzo avo akange avasutsa kutaura nevari kumhepo.

"E, vabereki mazvinzwira mega! Aya haasi mashoko angu, asi kuti abva kuhurumende yedu yatakapihwa nevari kumhepo pamwe chete nevari pasi. Ada zvake kumhura mitemo iyi ngaazive kuti ari kurwisana nechikuriri. Dzidzai kuti hutungamiri hwese hwamunoona hwakagadzwa pachinzvimbo, ndiMwari nevadzimu vanenge vatendera. Ehe, shoko tinaro rekuti kune vanohumana nemamiririo enyika. Kuda nekusada hurumende iripo, iyi mitemo tese tichaitevedzera nekuti ndeye ruponeso rwemunhu wese. Haina kuti inofungei nezvematongerwo enyika, uri vekereke ipi, unoera mutupo upi, une mari here kana kuti uri murombo seni kudai…"

Vanhu vakati bvu-u kuseka. Sabhuku vakaramba vakasunga uso zvisinei kuti mukati memwoyo wavo vakange vachibvurukawo kuseka sevaranda vavo. Vakaenderera mberi vachiti, "Ehunde, kuseka sekai henyu, asi kuchema kuchauya pakangaoita mumwe wedu anotsaudzira mitemo yadedemurwa nemwana pano zvatanzwa tese. Ndinotsinhira ndichiti, idiko haisi nyore kusakwazisana patsika dzedu, tinonzwa setasemwa, tadadirwa, asi denda iri pakadaro ndipo parinoita manyemwe.

"Takanzi isu kumusangano, 'Itai hunhu hunenge hwaambuya nemukuwasha wekwaMutoko. Ehunde, zvakanzi hwekuTokyo yemuZimbabwe.' Ambhuya nemukuwasha vanopanana chishanu here?" Sabhuku vakabvunza.

"Hwiiba!" Dare rakadaira.

"Sakani, ngatimboite sekudaro kuti tirarame, nyangwe zvichirema. Ngatitevedzerezve tsika yekutaramuka nekuchengetedza nhano dzarehwa pano. Tikadzitevedzera tinorarama, tikasadaroba tinoimba Chamutengure nechamutavanhava dunhu rikavharwa kuti dhwa-a chaiko. Anozoviga mumwe ndiani? Pane angada kuti kungunja kufa nekuti nyena sembwa here pano? Ndinoziva kuti hapanaba. Zvisinei, tingaswerera. Ane nzeve dzekunzwa anzwa. Mitemo iyi ichatotanga neni pano. Pamatare ese atichaiita, tichakotsva vakoshwa vedare chete, nekuti mutemo wati hatifaniri kuungana zvekupfuura vanhu vangani?"

"Makumi mashanu!" Dare rakashevedzera.

"Patsvene! Handitarisire kuzoita matare nekuti kana munhu ari pamba pake akazvivharira pamusha, anozotadzira imwe mhuri sei? Gonzo mhini gara mumhango chinouya chikuwanire...?"

"Mumwena!" Dare rakazadzisa.

"Iyo Nhewa! Torai zvenyu dare!" Sabhuku vakapira zvirango kune mupurisa wedare. Mafundufuwa akakohomedza mashoko asabhuku achiti, "Munhu wese pamusha pake! Ndini chete ndinobvumirwa kufamba-famba ndichiongorora kuchengetedzwa kwemitemo. Imi garai mudzimba! Nzvetu nzvetu munoidini? Rwendo rwuno vemagumba muchakorawo nekugara mumba."

"Hemeni!" Vamwe mai vakashevedzera.

Vadare vakati bvu-u kuseka. Mupositori akanzwa bvudzi rake kuti nyau nyau nekushevedzerwa kwakaitwa namai vaye. Tii tii tii! Tii tii tii! Ndimi dzake dzakaririma sevivi remoto.

"Moria ja…Zvakanaka tenzi! … Rugarewo! … Kodzvo… tii tii tii! Ndaoneswa nedenga kuti…."

"Izvo-o!" Dare rakagunun'una.

"Wapisirazve mupositori! Pakereke here panapa kana kuti padare? Washora dare, tinoda mbudzi sechirigo." Mafundufuwa akatema muripo.

Mupositori akabva ati gwadagwa pasi apera simba mumabvi. Ko, mbudzi aiiwanepi iye asina kana nhiyo yehuku hayo?

'Kunyarara ndanyaradzwa zvangu, asi denga randipa kundiso redenda ravanochema naro iri. Regai *Hosea 4 verse 6* iti, '*Vanhu vangu vaparadzwa nokushaiwa zivo; zvawaramba zivo, neni ndichakurambawo.*' Tichauraiswa nemhosva yekasabhuku kasingadi kutendeuka kachida kuswera kachitevedzerera zvemashave. Ngavafe ivo, isu maporofita hatiparare. Takamirira kuuya kweMukorore wemunhu nemasimba makuru anon'anikira achiti gada gada mumakore.' Mupositori akadaro nechemumwoyo.

Mupositori akatanga kuimba karwiyo kengoni nechemumwoyo,

Wauya! Wauya! Mucheki mukuru,

Vanhu vachaona Ishe wedenga.

Ndimi dzakabva dzati tsutsa zvekare paari. Dzakamutambudza ndiye sumu achihereka akauka mhepo yedenda reKorona yaakange achiona pamweya. Akati dhe dhe dhe akaisenga mumaoko ake zvaaiona iye pautsome, uku rudhende rwedare rwuchimuona seorasa njere. Aifamba seakatakura denderedzwa renyika yese, achigomera nekuremerwa nemhepo iye. Akazoti ave kudurunhuru redare ndokuti kupe kwakadaro uko, ndiye gwadara pasi seatyorwa-tyorwa mabvi nemagokora. Mudzimai wake akati sumu kubva muchaunga chevanhukadzi ndokunanga kwaari. Dare rakamboti cheu kwavari ndokuzoneta mumitsipa. Mashoko ekupendera dare akange adzimaidzwa nekukaarara kwaiita mupositori nendimi apo akange achidzungudza-dzungudza musoro zvekuita chamuvhiriri senyimo yasikwa musikiro apo mudzimai wake akange ari mushishi kumukiresha ndimi dziye.

Bu bu bu! "Varume ngatiise maoko kunaChangamire vedu vasimuke zvavo sezvo dare ragura." Mafundufuwa akaraira.

Bu bu bu bu bu! Bu bu! Vanhurume vakaombera. Madzimai akadavirira ndokuti karinge gusvu riye nekamhururu.

"Rambai makagara Svongorongo vasununguke kusumuka!" Mafundufuwa akashevedzera.

Sabhuku vakasimuka vachibatira pabwe rakange riri padivi pavo.

Vakati vachiti twii kumira ndokuti cheu kune mupositori uye akange achiri kukaarara nendimi. Mafundufuwa akatarisawo kwakange kwakaringa sabhuku.

Akati, "Musauye nemadumwa pamatare evaridzi. Padare panoda vakachena sekudenga. Dzidzai kusiya mazango enyu kudzimba dzenyu."

Mashoko aMafundufuwa haana kunzwika nevazhinji sezvo mhomho yakange yati dzamu kusimukawo. Vadzimai vasabhuku vakasesekedza murume wavo vachibva padare vonanga kumba kwavo. Zviye zvaive zvekuseri kwedare zvekuchengetedzwa kwenhambo maringe nekudzivirira Korona kwakamhurika pariporipo vanhu vachiri padare chaipo sezvo vazhinji vakange vakajaira kuitazve tumwe tumatare twaidzeya mafambisirwo ainge aitwa dare.

"Nhai Handi, ungoti zvine musoro here zvataunganidzirwa padare ipapa? Ungofunga kuti isisu hatiziviba kuti urudya ega. Aka ife tine neshatinasho? Handiti mafotireza nembeu zvaadopiwa ado tora ega, zvimwe kwatukutumira kuPonsley kwatezvara vake, kuti anzi munhu akanaka. Kubvurokuda kutiita vapwere isusu. Hatidiba! Kovhidhi! Korona! Korona! Yawani? Kubvuro kuti waripi! Zvekunyepa zvega zvega. Zvino hatimboteedzeriba zvenhando izvezvo. Tingoda kuona kuti ungotidini." VaMahwirikwinya vakadaro.

"Taura hako wena. Musha uno wakapinda rukonye takatarisa wena. Zviibvira pakuti husabhuku huri muimba isiri iyoba. Nhai, tingotongwa ngemupwere akadonha chipande zuro rino, midzimu inofara here bambo? Kane huori maningi kamunhu aka. Hazvishamisi kuti kakatotengwa kuti kauraye tsika dzedu kachihwanda nayo Korona."

"Zvino ini handisi kuzoteedzera zvematsvinazvo. Kana ndafa, vadzimu vanonditambira nemufaro kuti ndafa ndichiedza kuchengetedza tsika dzechivanhu chedu. Vapwere ava pfungwa dzavo hadzisi kuchatora musheba. Dzakamunywa nechiokomuhome. Kupindwa ndipongwe chaiye." SaHazvi vakadaro.

"Musakanganwe mitemo iye iye! Ndiri kukuonai hangu imi nharadada! Munhu wese kumba kwake!" Mafundufuwa akashevedzera amire pazidombo ziguruguru. Ko, pane akambomucheuka here?

Vadzidzisi vaye vepaMupodzi neRukwamadombo vakafurutswa zvikuru nemutemo mutsva vakange vauya wekudzivisa vanhu kuungana nyangwe nekumugobera.

"Vazvionaka kuti ini ndakafemerwa zvekusaenda kumusha. Pafunge kuti unenge vakavharirwa ikoko varoyi vachiita dambe newe. Unogofaka uchingonzi ndiyoyi Covid 19." Mudzidzisi Tafa vakadaro.

"A, taura hako. Unomwiva ropa rese nekudyiwa mapapu nezvidhoma shamwari. Paunozoitwa *post mortem* yongonzi iCorona Virus. Haiwa Covid 19 iyi yazouya nerezinesi revaroyi chokwadi. Vanhu vachapedzana sedambe. *Nhaka tingopera* yakataurwa ngevaManyika." Mumwe mudzidzisi akadairira.

Vadzidzisi vese vakati pwati kuseka. Vakange vachifamba zvinyoronyoro vakabatana maoko avo pahushamwari hwavo.

Vanhu vese vakananga kudzimba dzavo. Mupositori nemudzimai vake vakazonanga kugomo kundonamata. Vakange vachinzwika kudairirana rwiyo vachiti,

Mushauri	*Mudairi*
Gorejena! Gorejena here nhai Mwari we-e	*Mwari imhepo!*
Imhepo!	*Inovhuvhuta!*

Chitsauko 6

Bhuku rekwaShanzi raigara vaShanzi chete. Misha yevatorwa yainge iri miviri chete yaivanikwa mumusha wekwaShanzi nekuda kwekuti mumisha umu mainge makaroorwa vakunda vedzinza iroro. Vanhu vaiuya mubhuku iri vaipihwa ugari kudivi ravo vega sevatatsi. Zvadaro, mumwe murume ainzi Hanyn'adzira akapindwa nepfungwa dzeupanduki ndokutsvetera mudzviti nenhoroondo yekunyepa achitora mukana wekuti mudzviti uyu aive mutsva. Vanhu vaitaura vaiti pakange paita huori kuti Hanyn'adzira ateererwe nyaya yake. Hazvizivikanwi kuti zvakafamba sei, asi Hanyn'adzira akange otoparurirwa tsungo sasabhuku mumutanha maaigara achitungamira vamwe vauyi.

Shoko rakasvika kuvaShanzi kuti vatorwa vakange vari tsvikitsviki mumutsetse wekunyorwa mubhuku naiye Hanyn'adzira, pamba pake pachitopwititika chiutsi chekubika makombora ekumupemberera husabhuku hwaakange apihwa zvekuseri. Machembere ekwaShanzi akabopa mahovhorosi ndokupakatawo zvombo zvekurwisa zvinoti tsvimbo, makano, mapfumo, uta nemiseve pamwe chete nemidziyo yekushandisa pamba semipini, majeko, mapadza nezvimwewo. Zorodzai akashamisika kuona maiguru vake vakapfekawo sekudaro. Akavateverawo pamwe chete nevamwe vana. Vana vakange vakazvisungirira masanzu mumiviri zvekuti mweya wehondo wakabva wati tiba pavari. Ngoma yeshima yakange yakabatwa naiye mbune matindingoma, Tsanziridza. Akaitingura apo vanhu vakaungana pamba pasabhuku. Aiti vakati fambe fambe oti mutandangu dzi pasi, ovhura nzira nekuudandaura ari kumberi kwemhomho zvaiungira muninga dzemakomo ekwaShangwa, Chibatabishi, Nyanga, Kafiramberi, nemamwewo aive minweyamwari. VaShanzi vakati vhu-u parushanga rwemusha waHanyn'adzira ndokuti unga unga ipapo, Tsanziridza achiibadura ngoma nesimba rake rese. Mhomho yakange ichivheyesa vheyesa zvombo mudenga. Hawaifunga kuti vanhu ivava vaipinda svondo imwe chete newekwaHanyn'adzira. Chokwadi ivhu rinoparira. Pfumbwi yakati togo mudenga sepanorwa mikomo. Masvisviriri aHanyn'adzira achiona usvesve hwehondo yevaShanzi yasvika yakaipirwa kudaro, akaita aziva kwake aziva kwake achiti tsve-e makombora aaibika ndokuita murambamhuru. Vanhukadzi vekwaShanzi vakati po-o po-o kubheura kubva mumatengu ndowe mbishi yemombe neyembudzi mumakate emhamba nemugapukapu remabhodho enyama neesadza akange achikwata pazvoto. Musha waHanyn'adzira wakasara wati nyangarara, pachoto pangove mho-o sepamatongo. Nyangwe nehuku zvayo haina kuoneka kufamba pamusha apa. Nenda nenda dzakatizawo uvhizu-uvhizu hwakange hwaitikapo. Vanhurume vekwaShanzi vakange vakati dzi vakapakata mapfumo, uta nemiseve, makano nezvimwevo zvombo zvehondo, vachimirira kudenhwa. Vakomana vechidiki ndivo vaishuvira kuti dai vadenhwa zvavo kuti vamboite zvavaisidzidziswa padare maringe nekurwa hondo kwaiitwa nemadzitateguru avo makare.

Tsanziridza akaitingura ngoma ari pakati pemukova wemusha waHanyn'adzira. Akabva ipapo ndokundoidandaurazve ari pamusuwo webikiro repamusha uyu. Ngoma ichiti zi-i, Sabhuku Shanzi vakashevedzera vachiti, "Hanyn'adzira! Upandu-upandu hwako ndahuona! Posi, piri hadzirwivi! Ukangozvidzokorodza chete, unochiona chaMatyerupanga! Mumutunhu uno pamwe chete nevamwe vako muchatadza kumugara mukaramba mune pfungwa dzenyu idzodzo dzeunhosi! Inga kurera imbwa nemukaka mangwana inofuma uchikuruma! Ndakatadza here kukupai mutanha wekugara! Ndinoziva kuti uri kundinzwa pawakahwanda ipapo! Kana usina kundinzwa, tumidzimu twako twandinzwa! Uzvipfidze nyamusi chaiye! Chera kakomba uti ptu-u kuzadza mate! Uzvipamhezve uone!"

MaHazvi vakatsenhura kambo,

Mushauri	**Vadairi**
Matye rupanga!	*Saunyama Mheta!*
Matye rupanga!	*Saunyama Mheta!*
Mungokanenyi!	*Muri vamwe chete!*

Vanhu vakazosara voenderera mberi nekuimba zvese nekujakaira mudariro sabhuku vatungamira kudzokera kumba kwavo. Dariro rakasara vanhu vashoma vakange vachiri kupedzesa chidokwa dokwa chekuimba nekujakaira, vachikanganwa kuti pahushoma hwavo vaigona kurwiswa nefurirwi dzaHanyn'adzira. Asi hazvo, hapana akavavinga. Vakatamba kusvika pamukova paHanyn'adzira pakatsindirika kunge parohwa nechipauro. Vakazonge voimba vari rururu dungwe kudzokera kwavo. Tsanziridza airidza zvakare shima ari kumashure kwavo, ozovatevera achimhanya. Kuimba uku kwakazogurwa vabira rukova Harambwe vokwidza kamukwidzwa kaibata inzwi muchipfuva.

VaShanzi vakaita dungwe rongondo vachidzoka kumusha wavo dzave nguva dzemasikati. Vachipedza mukwidza uye vakazondounganazve padare rasabhuku apo vakatendwa zvikuru.

Sabhuku vakati, "Ndizvo zvandinokudirai vaShanzi. Mune chirwirangwe pazvese, pamatambudziko, pahondo nedenda rakativinga iri. Ehunde tambofurutswa kusvika pakumhura mitemo yeKorona, ehezve, hasha dzinokunda mutemo, asi ngatichidzokerei pakare paya. Tikasadaro tingopfa Hanyn'adzira aisara aitora nyika. Matye rupanga!"

"Saunyama Mheta!" Mhomho yakadairira chiga.

Vari munzira kudzoka mumusha wavo, Zorodzai akatsauka ndokundomhoresa tete wavo vaizivikanwa nezita rekuti Mbonga. Mbonga akange ave chembere, uye achizvigarira zvake ega sezvo akange asina kumbobvira akaita mwana. Muzukuru, mwana wehanzvadzi waaimbogara naye akange ayaruka ndokuroorwa.

"Makadini tete! Muchandiziva here? Ndini Zoro, Zorodzai."

"A, Mheta! Wakadini zvako muzukuru? Ndimizve muri kubva kundotibatira basa Saunyama." Mbonga akadaro.

"Ha-a vanhu vekwaHanyn'adzira vaitwa zvinorova! Vange vachida kuti jairira."

"Munoti vanoda kukujairirai nekuti hamuna nhoroondo svinu vana vangu. Unoziva here kuti zvamaita izvi mabatira zvinhu pamusoro? Ko, Hanyn'a munomurwisirei iye ari iye sabhuku wenzvimbo ino? Hamuzivi zvamuri kuita iwe nemadzibaba ako."

"Ndijekeserei ipapo tete. Munoreva here kuti mhomho yese iyi iri muchiutsi?"

"Kwazvo! Nhoroondo inoti, vanababa vedu vakaberekwa namuzvare akange abva kwaMambo Handizorori. Sekuru vedu, baba vaanababa zvinonzi vakabatsira mambo ava kurwa hondo huru ndokuzopiwa matendo emukadzi, vanove Mbuyaishe Mupodzi. Zvinonzi nzvimbo ino yaive nemachinda aigara achirwisana. Naizvozvo sekuru vedu vakapihwa tsungo ino sejinda guru ramambo, asi mudzimai vavo ndokupihwa hushe kuitira kuti vaye vaifarira zvehondo vanyare kurwisa munhukadzi, uye mwanasikana wamambo. Mupodzi rakave zita raireva kupodza hondo idzodzo. Naizvozvo, muzvare akave Mbuyaishe, ari mukadzi wasekuru vedu. Ipapo sekuru vakabva vatodyawo rifa rehushe ihwohwo.

"Zvinonzi muzvare achibva kwamambo akasvikira mumaoko aHanyn'adzira, uyo anove aive hanzvadzi yake yeimwe imba. Sekuru vaHanyn'adzira wamuri kurwisa nhasi uno uyu, ndivo vakazotambidza muzvare kunasekuru vedu, Shanzi. Mushure mekunge muzvare aona kuti aida sabhuku mudunhu rake, akahugadza pana Hanyn'adzira ndokutonga pahukama hwavo. Nekuuya kwakazoita mangerengere achipamba mari dzechibharo, Hanyn'adzira ndiye aindobhadhara mari yechibharo kwamudzviti. Kana muchida, endai mundopenengura mabhuku eko muone kuti hamuzonyari here."

"Ho-o!"

"Kwazvo! Chokwadi ndechekuti, Shanzi akange ari muhushe, Hanyn'adzira ari sabhuku. Dambudziko guru ravepo ndere kuti madzibaba ako ave kuita zvechizvinozvino, asi mambo varipo pari zvino vakange vatomboti vaunze mumwe muzvare sezvo dzinde rakatisiya. Vanababa vako vakati nyena kuramba kupihwa muzvare, vachiti anozoita mukadzi vaani. Madzibaba enyu akateerera shanje dzana mhayiyo venyu. Nhasi uno mave kuti tarakasima kurwisa mwene webhuku muchizvideredza kubva pahushe hwenyu. Ptu-u! Kusanyara."

"Um-m tete mune nhoroondo yakajeka imi! Vanababa vanoiziva here iyi?"

"Vachiiziva varipi? Kana dai vakaiziva, vanoteerera munhu here vaye? Muchazonyara kana Hanyn'adzira akakukwirirai kudare ramambo. Munoswera mamuripa dzinotsika imi. Chamusiri kuona apa ndechekuti Hanyn'adzira nditezvara vedu. Hameno zvenyu! Endererai mberi nematakatsvina enyu iwavo." Mbonga akabva asendeka musoro kudivi. Zorodzai akawoneka ndokuenda achidzungudza musoro.

VaShanzi vakagara kwesvondo rese vachimirira kukwidza kudare kwaMambo Handizorori, asi nyangwe kwaDC kana kwaRuda hakuna nhume yakabvako. Vakagutsikana kuti kusamhan'ara kwake Hanyn'adzira waive mucherechedzo wekutozva. Bhuku rekwaShanzi rakazogara zvaro murunyararo. Zorodzai akati, "Ndanakirwa nekukunda kwataita. Pashaya kana mumwe ati pwe-e. Vanhu havafaniri kutijairira mhani. Asika, Covid 19 ikati mha-a munharaunda muno, naMwari o-o, hatiponi sekunyora kwakaitwa nababa vangu SaGwiriri."

"Haiwavo! Pwaba pwangu pwaba pwangu zvenhando." Pimai akasvotwa.

Chitsauko 7

Vakange variko kumafuro vakomana Pimai, Muchazondizonda naZorodzai panguva dzerudziyakamwe. Mombe dzaitapirirwa nehuswa hwakapfavirira nekuda kwedova rakange richiri tototo muzvidzumbu zvehuswa. Dzaitevedza pese paive neuswa hwainge hwakachanyorowa dzamara dzati fararira kupesana. Vakomana vaipota vachindodzidzora. Pedzezvo, vakabatsirana kuveza chireyi ndokuzochihwandisa pachidzotswa mushure mekunge vaneta. Vakazotamba mitambo inoti horikotyo, chitsveru, chihwandehwande nemimwewo. Vaneta nekutamba ikoko, vakagara pasi ndokudzidzisana kuridza mbira, chipendani, hwamanda, chihwepu, chipohwiro nemakundano emiridzo.

"A, ndange ndakanganwa vakomana kuti nyamusi ndiro zuva racho!" Akadaro Pimai akati twii kumira.

"Rechii zviye?" Zorodzai naMuchazondizonda vakati gage kubvunza.

"Remhembererozve yemuroora! Handiti nyamusi Chishanu? Vana tete nanambuya vakaronga kundotambira mwenga, Danai ari kutiziswa namukoma Simon nyamusi manheru. Mainini vakatochinjisa sheche yavo nezijongwe reshamwari yavo kuitira kuti muriwo uzokwane pazvirango zvekutambira muroora. Ha-a, mukoma Simon vange vakurisawo kani. Ipapo vana tete nana mbuya vakagona zvekuti. Dai vasina kutsvetera Danai, mukoma Simon vaitofira mugota. Kuwanda huuya chokwadi." Pimai akadaro.

"Zvinoreveiko izvozvo nhai mukoma?" Zorodzai akabvunza.

"Ha-a iwe! Sei uchingobvunza zvisina mwero?" Pimai akabvunza.

"Usaitire mwana chigan'a chisina nebasa rese kani, Pimai. Usakanganwe kuti donzvo rezororo rake kuno ndere kukotsva ruzivo. Unoda kuti Zorodzai ashaye zororo nepazororo sei? Zvinozonakidza here zororo rikazoita zororo risina zororo nekuda kwako?" Muchazondizonda akatsiura.

"A, iye asingabate chinhu!" Pimai akadaro akafundumwara. Akaenderera mberi achiti, "Anodzidzisweiko iyeyu asati ambove nendebvu, nyangwe manyengedzapwere zvavo? Zvekuroora ndizvo zvaangazobata ko, mhando dzemhuka dzemusango, dzemiti, dzeuswa, dzedhaga, dzenzizi, dzeshiri, dzehove dzeurema…"

Muchazondizonda akamugurisira achiti, "Iwe, angasaputika musoro here kuziva zvese izvozvo nezororo rimwe chete? Iwe wakambozviziva nezuva rimwe chete here?"

"Munonyanya kukajaidza mhani kamupfanha aka! Ngakachangamuke! Kanofunga kuti kuChitungwiza here kunoku kwavanotungwizwa nezvisina maturo, vachingwarira paduri sehuku?"

"Inga nyamusi muri mumweya wekutukirira chaivo. Nyamusi twenyu twakakwidza Chikata woye. Evo! Evo! Saunyama, Mheta!

Ngaiisiye matambo Svongorongo. Svosva nepasi! Hahaha!" Zorodzai akazvishingisa kuseka.

Pimai, uyo akange ati tutururu kusvava akabva asekawo, meso ake ndokunyevenuka.

"Zoro hausi kuona here kuti mombe dzanyanya kutarangana? Ndipo panozotsauka dzimwe ipapo. Mhanya undodzitimba dzidzoke panzvimbo imwe chete. Usavarairwe, ndiwe mudiki pano, saka chijana chekudzora mombe ndechako. Chitogara wakazviziva izvozvo." Pimai akadaro.

"Zvakanaka mukoma!" Zorodzai akadaira. Akabva amhanya. Paakange osvika kune mombe dziye akabva abonya kashamhu kekudzora rimwe jongosi rakange rave kure. Akadzora mombe nemutowo waakange akadzidziswa wekutinhira mombe dzaive dziri kure pane dzakange dzakaungana. Mhou, madhonza, tsiru, majongosi, nzvari nehandira zvese zvakati unga unga panzvimbo imwe chete sezvinonzi dzakange dziri mudanga rakakomberedzwa nerushanga rusingaoneke.

Vakomana vakange votamba tsoro vachivaraidza nguva vachimira kuti zuva rinange kwamvura yacheka makumbo. Vakange vakati matumbu tushu nekunwa mukaka vavakange vakamira mumatemhe ematamba vachiukodzeka nematunduru. Kana kuri kudya michero, hatichareva zvizhinji. Nhava dzavo dzakange dzakati shaku kuzara nenhengeni, nzviru, tsambatsi nezvimwewo. Zvaive munhawa musi uyu zvakange zvisina kutsvagirwa ani zvake, asi kuzoshandiswa kupa sechipo kumuroora mutsva aizouya mumusha manheru acho.

74

"Mukoma!"

"He-e!" Pimai naMuchazondizonda vakadairirana pamwe chete.

"Hamuna kuzopedzesa nyaya yemhando dzekuroora. Ndinodawo kudzidzidza nyangwe zvazvo ndichiri mudiki. Dzidzo haina zera."

"Zvakanaka mwana wamai. Kune mhando dzekuroora dzinoti kuganha, kutizisana, kukumbira, kuzvarira, kuchata, chimutsamapfiva, mutanda, chigaramapfiva, musengabere, kutema ugariri, nhaka neshaviro. Pimai chimutsanangurira mhando imwe neimwe." Muchazondizonda akaraira.

"A, ngaatange aenda kundonditemhera maroro matatu akaibva, ndozomudzidzisa."

"Pimai, sei uchikoma iwe? Hazvinzwarwo munin'ina. Inga iwe ndinokudzidzisa pachena wani? Saka sei iwe uchivanza tumitongohyo kunge tezvara?" Muchazondizonda akanyunyuta. Akabva ati simu iye mbune ndokumhanya kundotemha maroro aye akange ataurwa. Pimai akanyara kwazvo nazvo. Pakadzoka Muchazondizonda nemaroro mashanu achipa Pimai ese, iye Pimai akagovera maviri kunaZorodzai, maviri zvakare kuna Muchazondizonda, iye ndokudya rimwe. Muchazondizonda akapa Zorodzai rimwe roro rake.

"Maita basa vanamukoma!" Zorodzai akatenda.

Pimai akati, "Tingati mhando yekuroora yechizvinozvino ndeye kuchata, mungave muchechi kana kuti kwaMudzviti. Mhando iyi yakambunyikidzwa matiri isu vanhu vatema nevauyi vaitidzvanyirira. Patakatendeukira kutsika iyi, mukuwasha aitobvisa mombe chaiyo yekukumbira muchato kumadzitezvara ake. Papfuma pane nhumbi dzinobviswa dzatinoti makweshe, idzodzo ndidzo dzaizopfekwa pamuchato wemwanasikana wavo. Pamakare chivanhu chedu chisati chanyopforwa nemangerengere, vanhu vairoorana pachivanhu nenzira dzakasiyana-siyana. Pamakare kwaive netsika yekumema kana kuti kukumbira.

"Kunezve kunonzi kuganha. Uku kunoitwa nemusikana kana ada mukomana, asi asina kumbobvira akapfimbwa naye. Patsika iyi musikana aingoerekana atizira mukomana. Nyangwe mukomana ange asingade musikana uyu, izonyengetedzwa nemadzisekuru ake kusvikira azomuroora.

"Kunezve tsika yekuzvarira iyo yaiitwa nevabereki, zvisinei kuti mwanasikana anoda here. Izvi zvaiiwanzoitika kana mhuri yatambura nenzara, vabereki vozvarira kuhurudza. Kuzvarira kunogona kuitazve pakuripa kungozi. Ndichakutsanangurira, iyoyi yakafananazve neyemutanda, apo munhu anotema mutanda ondopa vabereki vemwanasikana nyangwe achiri rusvava senzira yekubatira kuti mwanasikana iyeye achazove mudzimai wake kana wemwanakomana wake. Tsika dzandabva kutaura nezvadzo idzi dzakaparadzwa nehurumende sezvo dzichinzi kumbunyikidza uye kutyora kodzero dzevanasikana. Imwezve yakarasirwa kumadota ndeye musengabere iyo inoti mukomana anokanda musikana waanoda papfudzi otiza naye nyangwe vasingadanane, otozomuroora.

"Dzimwe tsika ndedzebarika, mutanda, kutema ugariri, nhaka, shaviro nedzimwewo dzakadaro. Ukaverenga mabhuku ababa vako, zhinji dzacho uchasangana nadzo. Zvekutizisana mukumbo uchazvionera wega."

"Ko, nhai mukoma, musiyano uri papi pakati pechimutsamapfiva nechigaramapfiva?"

"Mubvunzo wakanaka iwovo. Chigaramapfiva chinoitwa nemuzukuru kana munin'ina wemukadzi kana mukadzi wacho achiri mupenyu nezvikonzero zvakawanda zvakafanana nekushaikwa kwembereko kana urwere hwemukadzi. Mukadzi anouya iyeye kazhinji anenge asarudzwa nemudzimai uye, wogarisana. Tsika iyi vamwe vanoiti chimutsamusha.

"Chimutsamapfihwa mukadzi anouya kuzotsiva mukadzi akafa achibva mumhuri yemufi. Kazhinji kacho chigaramapfiva kana chimutsamapfihwa hachibvisirwe pfuma sezvakaitirwa mukadzi atsividzwa. Asi, kana mwanasikana asiri akayamwa zamu rimwe nanyakuenda, roora rehumai rinobviswa rakanangana namai vemwanasikana iyeye nekuti vana mai vatorwa.

Zorodzai akange akati zi-i achiteerera tsanangudzo idzi. Zuva rakange ropinda muna mai varo.

Panguva dzemadeukira apo zuva rakange roda kunyura, vanhu vaizondotora muroora vakaronga mafambiro avaizoita. Hurongwa hwaive hwekuti muroora achazondogamuchirwa pachuru chaive pedyo nemusha waana Danai, pari pamharadzano yenzira inoenda kwaHanyn'anani neyekwaHandikendenge. Izvi zvese zvaizoitwa kunze kwati hwerendende kuitira kuti vasazoonekwe nemadzitezvara avo. Vanhu vazhinji vaitarisira kuti mhandara yavo iroorwe nenzira yekubvisirwa pfuma, orongedzerwa pamwe chete

77

nekuperekedzwa nemadzitete. Iyi tsika yekutizira yaishoreka sekurehwa kwazvakaitwa naPimai, zvisinei kuti dzimba zhinji dzakamiswa nemhando yetsika iyoyi.

Panguva dzerukunzvikunzvi apo miranzi yezuva yakange yati piriviri ichinyukira kubva muzuva rakange ranyura mugomo reBura, vakomana vakakurumidza kutinha mombe vachinanga nadzo kumatanga nechinangwa chekuda kupemberera mwenga. Nyangwe vabereki vavo havana kunyunyuta kuti zvakange zvaitirwei. Mushure medare remusha, mukoma Simon vakabatana nechikwata chaivaperekedza ndokunanga kuchuru change charanganwa nemadzitete nemadzimbuya ekumusikana neekumukomana muchimhukutira. Chikwata ichi chaive nevanin'ina, hanzvadzi, natete vemukomana vainzi VaMahwirikwinya. Zorodzai naMuchazondizonda vakange varipowo. Pimai ndiye chete akasara kumba.

Panguva dzerubvunzavaeni apo vashanyi vainge vadokerwa vopotera mumisha yepedyo, chikwata chiye chakasvika pedyo nechuru chiye chichinyahwaira mumwedzi muchena. Hachina kuziva kuti chakange chapinda mumambure ehanzvadzi dzemwenga dzakange dzanzwa runyerekupe. Chikwata chakavhunduka apo chakange chokombwa nevanhu vane mazitsvimbo nemhapuro dzekuda kuvarova nadzo. Pakaita batai batai hanzvadzi dziye dzoda kurowa vakuwasha. Zvakabatsira ndezvekuti Simon aive mhitsa, saka akamiramira kurwisana nana tsano vake achirandutsira vekudivi rekwake. Izvozvo zvakapa vanhukadzi vekwake mukana wekuita murambamhuru vakananga kumusha. Munin'ina wemukuwasha, Zvikomborero akati biku mwenga ndokuti tsve-e papfudzi ndiye bara akananga kurushanga rwemusha wavo. Danai akatomboridza kamhere ofunga kuti zvimwe pane akange omuita musengabere. Vanhurume vakarwisana chaizvo. Zorodzai akakungura kuti akange aenderciko ikoko. Aihwanda kumashure kwaMuchazondizonda uyo aikanda nekuvhika zvimbokoma mukurwisana neimwe mhare. Tsvimbo dzakatyoka nekurowera pamiti nemabwe dzapotsa misoro yevakuwasha. Sezvo mhuri yekwaShanzi yaizivikanwa kwazvo munyaya dzekusimba pamwe chete nechirwirangwe pakurwa, vedivi rekwana Danai vakati pfotso kutiza. Pakanzwika mumwe wavo achishevedzera kuti, "Makaura! Takuzadzai *Corona virus!*" Hapana akaita hanyn'a nemashoko aya sezvo vakange vapona mumupata werufu.

Vaperekedzi vemwenga vakasvika pedyo nemusha vachibva kudzvootsvoo riye, hwatove husiku. Semukadzi wekwaShanzi, VaMahwirikwinya vakamhanya kundotora mbatya idzva dzemwenga pachidzotswa pavakange vadzihwandisa. Mbatya idzi dzakange dzakatengwa nemunin'ina waSimon, Zvikomborero. Vanhukadzi vakatsauka vachindopfekedza mwenga paseri pechuru. Mati kunaka kwenhumbi dzacho ikoko? Dzaiita man'ai n'ai huferere hwesirizvha padzaivhenekwa nemwenje wenhare wakange uchishandiswa nechikwata ichi. Vapedza kumushambidza, vakadzoka naye paive paungana vanhurume.

Apo chikwata chiye chakange chopinda mumusha, bambomukunda vaDanai vakamufukidza musoro nejira jena. Danai akange otofamba akatsikitsira kuti aone paaitsika, uyezve kuhwandisa hope yake kuvanhu. Vaperekedzi vakati zvino vopinda mumusha ndokurutsenhura rumbo rwekuti,

Mushauri	Vadaviri
Muroora!	*Tauya naye!*
Muroora!	*Tauya naye!*
Muroora!	*Tauya naye nemagumba nemagumbeze!*

Dare remusha richinzwa mutinhimira wechimbo, rakabva raziva kuti vaperekedzi vabudirira kutizisa mwenga. Vanhu vemumusha vakaungana pakaitwa mhemberero yaikunda ngoma kurira. Zvavakasvika nemwenga parushanga rwemusha, muroora akatanga kuyemedzeka achitamba chiroora. Aiti akati dhe dhe kufamba, oti dzi kumira searoverwa hoko. Aizoti dzikinu kana apihwa chipo chemari kwayo kana chimwe chinhu chisvinu. Aisesekedzwa nabambomukunda vake kunge murwere wenhonho. Vaiti vakati fambe fambe vodzokororazve hunhu huye hwekumira vachida kunyengererwa nezvipo kuti vafambe. Chaifadza Danai ndechekuti vanhu vekwaShanzi vaive nechipo chechipavhurire. Izvi vakange vakazvijaira sezvo vanhu vakawanda vaibva kudhorobha vachidzikira mabhazi pachiteshi chepavo vopotera kudzimba dzavo kana vasvipirwa. Vamwewo vaichengetesa mapasuro avo kwehusiku hwese vachizotora rechimangwana racho. Hapana akange asingazivi rudo rwevanhu ivava kubva kuRunde, Kwambana, kuDondo nedzimwewo nzvimbo dzakakomberedza. Vanhu vazhinji vaizovatenda nerubatsiro urwu, sakani zvipo zvekupa mwenga zvakange zvisiri zvenhamoba. Bambomukunda vemwenga ndivo vakange vachigashira zvipo vopfekera muchihomwe chaiita kunge mhara. Pakabviswa zvipo zvinoti mari,

80

zvuma, mhete, magapagapa nezvimwevo zvipfekwa zvakasiyana-siyanana. Ngoma, mbira, hwamanda, nengororombe zvakaturunurwa pazvainge zvakachengeterwa akave matindingoma emufaro usiku ihwohwo. Vanhu vemazera ese vaipfichuka murima imomo zvisina kuti uyu nditezvara kana muroora. Sezvo pakange pagadzirirwa zvekudya nekunwa, vanhu vakapakurirwa sadza renjera, remhunga neremagwere. Munhu aisarudza muriwo hwaaida kusevesa nawo. Paive nemabhodha emuboora, chemberedzagumhana, runi, nyama yetsuro, yembudzi, yehwai, hove neimwewo miriwo yemashizha yemubindu nemusango. Bhodho remowa ndiro rakakurumidza kuti gunduru kupera nekuda kwekuti ani naani zvake akange achirwuda zvakanyanya.

Zvese zvakange zvichiitika zvakange zviri mumaziso aZorodzai achidzidza zvisina kana kuzorora. Aiti akamboenda pachikamu chezvirango zvekuroora oendazve padariro remitambo. Akamboedzeserawo kutamba, asi zvakamukona. Mudariro maive nemazauone ekupfichuka kwevanakomana nevanasikana vaipemberera mwenga nekunzwa manyukunyuku ekuda kuzopindawo mutsvitsa. Vanhu vainge vakaita denderedzwa vachiimba nziyo dzejiti, muchongoyo, mbakumba nedzimwewo dzakadaro. Iwo mwedzi waiita kunge unoshura kuti ngwe-e jenaguru. Vanhu vakapupudza vachitamba zvekuti mwenga akashaiswa mukana wekurovera matama pasi. Machongwe akati kokorigo rigo rigo-o kuchema panguva dzerunyanhiriri. Pamangwanani-ngwanani mwenga nabambomukunda vake vakafumira kutsvaira mukova, mubikiro nekuworera madota pachoto chemo vachindomati kupu mugomba remarara.

81

"Muzukuru, idzi ndidzo tsika dzevaManyika dzandakakuraira paye pataironga zvekutizira kwako."

"Zvakanaka tete!" Danai akadaira.

"Uno ndivo watove musha wako narini dzamara wafa. Munhu ndewekutiwo toshororo kana wapinda mumusha mevanhu. Ndaramba masimukatienzane anoitwa namhaiyo wako. Nharo dzinopunza musha, muri kuzvinzwa here mainini?"

"Ehunde semukadzi!"

Vaviri vaitaura izvi vachiita mabasa emubikiro imomo akafanana nekurongedza muchikuva nekukorobha pasi pakange pachiti che-e kutonhora nesamende.

Bambomukunda vakati, "Kana pane chaunoda kuziva, bvunza."

"Zvakanaka semukadzi! Asi, nhai tete, sei tichitsvaira mukova mangwanani-ngwanani kwete manheru? Makati imi kutsvaira usiku zvinoera. Zvinoera chii?"

Bambomukunda vakati dzvondo kune muzukuru wavo. Vakanzwa pfungwa dzavo kugomberwa.

Bambomukunda vakapindura vachiti, "Zviri pakawanda muzukuru. Kutsvaira panguva dzerufuramhembwe mucherechedzo wekuti tatanga zuva idzva nezvitsva. Matambudziko ese nezvigumbu zvese zvane zuro nenguva dzakapfuura zvasara pabonde. Saka zvinoreva kuti ukaona vakapedza kutsvaira mukova iwe wakabatirira pachigumbu nemunhu, ziva kuti wasvibisa midzimu yemumusha. Mukova nechikuva ndezvevadzimu. Inzvimbo dzinotambirwa nevari kumhepo. Paye panoti mweni, 'tisvikewo' isu tichiti,'svikai' tinenge tichidaira takamirira vari pasi. Midzimu yemusha inososa nekutichengetedza kubva kuhupi hwakawanda hwatioingazivi kana kuona neusu. Saka, kutsvaira usiku kutosvora varere pasi, nepo variwo vanotichengetedza. Vapabata here Danai?"

Danai akagutsurira musoro ndokuti, "Asi zvimwe zvinhu zvamunotaura imi vechikuru hatifi takambozvinzwisisa isu vana vanyamusi. Zera redu rave reChiRungu, uye tinonamata. Zvino kana motaura zvemidzimu tobva tatovhiringika pfungwa zvekupinda musango chaizvo."

"Ehe hazvo! Nyarara hako muzukuru uchiri pwere. Uchakurawo. Kana dzako dzichidhonza, uchatozogoka tsika idzodzi wotozopakurirawo vazukuru vako. Zera ndiro tsika dzamu. Pari zvino uchiri pazera rekuita dambe, asi usazorare nezamu mukanwa, zvingatinyadzisa. Zvimwe zvinhu chitaurirwa mbare dzekumusana. Zvimwe zvechivanhu hazvidi tsanangudzo dzakawanda, asi kuzvionera wega pamhuno sefodya muzukuru."

"Ndazvinzwa tete!"

"Ngatichiti tsvai tsvai, mukova wepano mukuru. Zvinoreva kuti wapinda mumusha mukuru. Musha wekwaShanzi une mbiri yekutevedza chivanhu nemazvo mainini. Ndingati zvimwe ndiwo wega musha mumatunhu akatikomberedza wandakaona uchiri kuchengeterwa vafi kuMadzimbahwe. MuMadzimbahwe imomo munoera fani. Hamuvigwi varoora kana ndumure."

"A, tete! Ko, zvino kana ndichida kuzovigwa padivi peguva remurume wangu ke?"

"Hezvo-o o-o! Asi hamuna kukurukurirana zvese izvi nababamudiki kani? Inga vana vemazuva ano munondishura nemahumbwe amunoita. Ko, pamunenge muchimbodanana munenge muchitaura nezvei zvisiri zvetsika nemagariro enyu? Vave kuitazve zvaYoline zvekusvika pakubata pamuviri asingazive kuti mutupo nechidao chemukomana vake chii, fume kwave kuona kuti ihanzvadzi nehanzvadzi. Sei muchitiitira makunakuna vana imi? Hezvo vana ivavo vakazopinza vanhu vakuru basa rekutsvaga mombe chena yechekaukama. Munoti inyore here kutsvaga mombe chena isina gwapa. Chinondishamisa ndechekuti imi vasikana pamunozoti ndada kuroorwa neuyu, munenge mambotarisa chii?" Bambomukunda vakatura befu.

Danai akati, "Zvese tete."

"Zvese zvipi ipapa? Asi mari kani? Zvino chinzwa mwana wehanzvadzi, murume haadirwe mari kana upfumi, asi rudo. Mari chitsvakwa. Mari chiuya. Mari iramba rinotsvedza. Ida mumwe wako nehama dzake nerudo rwakazara kuti tushu. Ukangodaro chete, imba yako inopfumbira chin'ai. Hama nezvipfuyo zvekumurume hazviitirwe chigan'a sechamai vako chiye. Ukangodaro chete munoita hwagonzo nachin'ai."

"Muzukuru ngatichiti kwichu kwichu, nyaya hadzina ndima. Zuva ranyamusi ndiro ratinopihwa nemadzitezvara edu kuti tiratidze kuti tiri vabanze vakadini. Sezvandambotaura paye, tichatora mvura yatiri kudziisa pachoto toisira vanhu mumakate nemigomo kuti vapukute kumeso nekupurura makumbo. Tichazofambazve tichivanomborera mafuta ekuzora. Patinoita zvese izvi tinenge

84

tichifamba nemabvi zviye zvekukambaira. Uri kuzvinzwa here muzukuru?"

"Ehunde hazvo tete!"

"Hakuna zvekuzoti chino chino mabvi angu ave kugogoderwa. Zvese izvi waifanira kunge wakazvidzidzira kare dai mhaiyo vako vakange vasingakurambidzi kundishanyira vachiti ndiri muroyi. Asi, usatye hakoba mwana wehanzvadzi yangu. Ndichakutakurira mitoro yese inorema pano kusvikira tatamba chiroora chedu zvinodadisa. Ndinoda kuti ugamuchirwe mumusha uno zvakanaka. Kuroorwa mumusha wekwaShanzi ndiko kuti waroorwazve. Vanhu vacho havana rutsuta kunge vekweduba"

"Ndinotenda nerudo rwenyu Nhewa. Ndaitotya kuti zvimwe mucharamwa nekuda kwezvakamboitwa namhamha paye. Inga mune mwoyo murefu usina vamwe, Simboti. Ndichaita semi semukadzi. Pamuri ndakadzidza rudo, kutendeka nekutsunga. Muzoitirawo vamwe."

Bambomukunda nemuzukuru vakatarisana. Tete vakacheuka ndokunyara kumbundira Danai apo vakaona kuti akange oti do do do tumisodzi. Ukuwo mhuri yekwaShanzi yakange iri ringa kwavari ichiyeva mwenga wayo. Bambomukunda nemuzukuru vakati tsvai tsvai zvechimbi chimbi vachisiya zvitutu-zvitutu zvemarara pamukova.

Madzibambomudiki nemadzitete ekwaShanzi akazofamba panguva dzerukunguvira rwemangwanani iwayo achikanda mari pazvitutu zviye. Bambomukunda nemuzukuru vakange vachitevera vachinhonga mari vobva vaworera marara aye.

"Apa usaworere marara aya. Siya zvakadaro nemari yacho. Tinozomabvisa kana vaisa mari svinu." Bambomukunda vakaraira Danai.

"Kana vaisa mariiko nhai tete?"

"Iwe chingosiya zvakadaro. Zvimwe zvinhu unodzidza nekuona chete. Hachisi chese chinotaurwa, muzukuru."

Vemumusha vachiona zvitutu zvitatu zvakange zvasara zvakati do do do mumukova, semazamu anoumbirana vakomana kumombe vakavedzera mari. Bambomukunda vakagutsikana nemari yakange yatsvetwa pazvitutu zviviri chete. Vakatungamirira Danai pachitutu chavakange vasiya ndokundoti gwadagwa kupfugama pamberi pacho.

Zvikomborero achiona chitutu chakange chasara, akaputika nekuseka.

Akatukirira achiti, "Nhai maiguru, makarwuonepi rwutete rwunenge mukorokoza urwu? Ndizvo zvarwakabvira kuChirarwe nekuda kuuya kuzokorokoza mari mumusha uno. Rwunoti shaya kuputana kunge nhewe yembwa. Rwunoti magadziko ari kumusana kunge bere. Tisimukirei apo!"

Vanhu vakaseka. Bambomukunda vakatsigisa Danai hana, vaviri ndokuramba vakati gwada vakaisa mitsvairo yavo muhapwa vachiita sevainamata kadutu kavo kaye kemarara. Kwakauya mhepo ikapupurutsa kamari kebepa kubva pakadutu kaye. Danai akada kuidadamira akabva anzi kwi rokwe nabambomukunda vake. Vakange vakasunga uso sevakapfugama paguva ranevanji wavo.

Vaviri vakaramba vakati dzwi-i zvisinei kuti varamu, madzitete nevazukuru vavo vakange vari mushishi kuvanyomba zvinonyadzisa pamwe chete nekunzwisa hasha. Mashoko acho aiita scanoviia pamatsi kuna bambomukunda, asi Danai akange ojuja ziya naidzo nyadzi nehasha.

'Haiwa! Ko, tete havasi kunzwavo kugogoderwa mumabvi here? Ha-a, ini ndazopfidza manje! Ko, chimwe chatichada chiiko ipapo zvatanzwa nekutukirirwa nhai imi? A, ini handichazvida izvi! Asi, regai ndishinge nekutevedzera zviri kuitwa nemunhu mukuru. I-i, dai vaisiri ivo ndaitozofa ndiri tsikombika ini. Zvichibvawo kuna mhayi vaingochin'ira ani zvake wandainge ndamira naye. Hezvo, vamwe vemazera angu vave nevana vaviri kana vatatu.' Danai aitaura nechemumwoyo akapfugama padivi pabambomukunda vake, achishinyira.

Pakaita muzukuru wemumusha akatora chigubhu ndokuchiti mba-a pazvidya zvake. Akachipangura nemazimaoko ake aiita kunge mhapuro, vaShanzi ndokuerekana vaungana vachiimba rwiyo rwekuti,

Mushauri	Vadairi
Mbuya!	*Muroora wauya!*
Mbuya!	*Shamwari yekuhuni!*

Pane akashandura musambo ndokuvamba rwiyo rwekuti,

Mushauri	Vadairi
Kanya kanya!	*Waikanyaira semombe!*
Kanya kanya!	*Zvino chikanyaira tione!*

Zvikomborero akauya nemugomo wakazara mvura ndokunyahwaira achienda kumashure kwabambomukunda nemuzukuru wavo. Vanhu vakavedzera kuimba nemufaro. Hanzvadzi yaSimon yakati nhasvu nhasvu kuenda kumberi kwechitutu chemarara chiye ndokuti tsve-e mukono wemadhora waive nemutsindo, ndiye pfatsu kadutu kaye negumbo sezvinoitwa nevakomana kumombe kana paumbwa mazamu anamai evhu kuti varwe. Bambomukunda vakati pururu mhururu, Danai ndokutevedzerawo. Havana kuita hanyn'a nekumwararitswa kwakange kwaitwa marara aye. Vakati nechemumwoyo, 'Simba mukaka rinosisa. Tinotsvaira chero matipa mari svinu.' Pavakange voti gada gada kukambaira vakananga kune mari iye, Zvikomborero uye akabva avati po-o mugomo wese wemvura. Bambomukunda vaye vakati chakwata kunyorova muviri wese. Vakacheuka ndokuona babamudiki waye wakabata mugomo wachizhinyura nemufaro. Bambomukunda vakati kwarakwashu hwembada chaihwo, ndokusanduzdira mugomo uye kwakadaro uko.Vakabva vati mbunde kuna babamudiki waye ndiye ndo-o muromo wavo pawari. Yakawe kikiri-kikiri babamudiki wachiedza kuda kupukunyuka kumuramu wavo, asi chembere yakange yakasunga sembambo.

"Hi, ko Covid 19 ke?" Zorodzai akashevedzera, asi hapana akamunzwa.

Mhomho yese yakaputika nekuseka hugwara hwakange hworatidza nemuramu uye kunabambomukunda. Paakazoti pudzunyuku, akaita hwetsuro yapotswa netsvimbo, kutiza. Vanhu vakafara zvekuti. Zorodzai akaita seacharutsa chitaka nekuseka.

Akazoti, "Saka havana kutapurirana utachiona hweKorona here manje ipapa? Ko, vanhu vese vari pano zvatisina kupfeka mamasiki sekurairwa kwazvakaitwa nasabhuku. Ande?" Mubvunzo wake wakandoti nyunguduku mukuseka kwevanhu.

Danai akange ari mushishi kubikira madzitezvara ake svutugadzike nechisvusvuro chemangwanani. Madzitezvara, madzimwene, madzitete, vazukuru, vanababamukuru nana babamudiki vepamusha apa vakange vakati ware ware kugara pamukova vakati vanhurume kudivi rekurudyi, vanhukadzi kuruboshwe. Vanhu vakange vakasununguka zvavo, vamwe vachitofamba famba. Mweya wemafizhon'o waibva mubikiro maive naDanai waimedzesa mate, mwana wevanhu achidzipisa hanyanisi mumafuta ainzwika kuti pfa-a pfa-a panze. Dunhu rese rakabvuma kuti mumusha wekwaShanzi mauyiva nemukaringi. Iyowo mhepo yaibva yaita manyemwe ekuzvuzvurudzana nemweya uye ichindouti tsve-e tsve-e pamusha wega wega. Nyangwe iye Zorodzai akange akajaira kudya twunonaka kudhorobha akabvumawo kuti apa pakange paita zvemukangi.

Danai akange achiimbirira karwiyo kemhemberero yemuroora kakange kachihwinya munzeve dzake. Bambomukunda vake vakange vamire kuseri kwetsapi uko vaizuva naSimon vachipandirana hurongwa hwemberi. Pakaita kamwe kambwa kakati nyahwa nyahwa kupinda mubikiro muye ndokuti kachu kachu kubva mundiro mazai ehanga akange akangwa naiye Danai. Paakati cheu, wanike mundiro tsvai, uku kambwa kachitonanzvira hako usopo. Danai akamhanyira kumusuwo ndokuuti dhwa-a kuvhara. Akati tsve-e mazai maviri pamarasha. Muviri wake uchibvunda nehasha. Ziso rakange rachiti vhomo kubuda kunze achishaya kuti angakaita sei zvaikodzerana nekuranga kambwa kaye. Akati tsvaru tsvaru rimwe zai kubva pamarasha ndokurifunditsira kure nemoto. Akadarozve kune rimwe racho ndokurinonga nejira raakange abvisa mumusoro make. Akati dzwi-i kambwa kaye ndokukati mba-a pakati pemakumbo ake. Akakadzvanya pashaya ndokubva kati atsama kushama muromo uye kachiti mwai mwai kuchema nekuda kwekurwadzirwa nekumanikwa kwakange kakaitwa. Danai akati tsve-e zai raipisa mumakanwa mako ndokuti mba-a. Vanhu vaiwe panze vakashaya kuti kambwa kaitwa sei. Zvikomborero akati bheu kuvhura musuwo. Kambwa kaye kachiona chiedza chekunze, kakarwisa kuti kasununguke, asi akange ari makwichu. Mwenga nembwa zvakange zvichikikiritsana kusvikira pamusuwo zvekuti vanhu vese vakange voona zvaiitika. Danai airwisa kuti arambe akakati mba-a muromo, iko kachivhizura zvekurwisawo kuti kati pu-u zai raikapisa mumukanwa mako muye. Akakikiritsana nako kachimushwapura shwapura zvidya nemuswe wako.

"Maiguru kani! Chimusiyai Bhoki adzidza kani!" Zvikomborero akashevedzera.

Akaona kuti kushevedzera kwake kwakange kuchivira pamatsi zvayo, ndokuedza kurandutsira kambwa kaye, asi akakundwa simba naDanai. Hameno akazomhanya kundoruma bambomukunda vaDanai nzeve kuseri kwetsapi kwavakange vari. Bambomukunda naSimon vakamhanya ndokukundorandutsira kambwa kaye.

"Daka-a! Daka-a! Danai muzukuru! Unondinyadzisireiko zvakadarozvo mwana wehanzvadzi? Zvanyanya kudini?" Tete vakagunun'una.

Kambwa kaye kakamhanya kakananga pasi pedara pakakandoti unauna kakarembedza rurimi panze. Po-o! Rimwe zai rakange riri pachoto rakanzwika kuputika.

"A, ini handijaidze makudo neanokamhina tete. Kakajaidzwa navatenzi wako kambwa ikaka. Hakangamboti ini ndopedza kubika kondidzosera kumashure zvakadarozvo kuti ndinzi handiite ini. Handingatadziswe kutamba chiroora chakanaka nekambwa tete. Kanoda kundinyadzisa kumadzitezvara angu kuti ndinzi ndine rutsuta ini. Handisi borongwe ini. Manje ndakagadzirisa. Kadzidza, namangwanazve." Danai akadaro achipupira furo mumativi emuromo wake.

"Ekwe-eko muzukuru wangu! Inga ndakakuraira kuti hautakuri tsika dzekwedu uchindoti dzikiti nadzo mumusha wevaridzi? Muroora ndevekutozvawozve. Kana iri katsi chaiyo yakunzvenzvera mumakumbo umu unotoidzinga nerukudzo. Chero iyo imbwa chaiyo. Kubata kwako chipuka chepamusha zvakanaka mucherechedzo wekuti kana atove munhu unomubata samambo. Zvino chigan'a chawaratidza apa ndinopopera ndichiti chii kumadzitezvara ako? Uchanditukisa nana baba vako kuti ndambonge ndakusiirei wega, nepo tange tichironga humwe hurongwa nababamudiki, murume wako."

Mutambo wekutamba chiroora wakazopera. Vakuru vemusha vakagara pasi ndokuronga zvirango zvekutuma nhume nemutete wetsvakiraikuno kumadzitezvara senzira yekuzivisa kuti ndivo vakange vane mwanasikana wavo. Muzukurukuwasha ndiye akazotumwa, zvisinei kuti mamwe madzimai akange oti mwenga

91

ngaaperekwe kuna bambomukunda vake vadzokere naye ondorairwa tsika dzakanaka.

Mbuya Beauty vakati kune nhume, "Zvauriwe uite zvekupusa. Unochiona ikoko. Hameno hako. Ziva kuti chako kusvika uchitambidza muvakidzani wavo tsamba votiza. Iye ndiye achazoona kuti anoitsvitsa sei. Vana tezvara pavachavhura tsamba vachaona mari yemutete wedu nemashoko anyorwa kuti tisu tine mwana wavo. Ndizvo zvirango zvekutizisana izvezvo. Chitodzidzawo ipapo. Asara kuroorawo ndiwe. Dai tisiri VaManyika tingadai tatuma sahwira sezvinoitwa kune mamwe marudzi. Zvino isu hatiite zvechisahwira nyangwe zviye zvekusungira kana mukadzi akazvitakura. Hazvimo mutsika dzedu."

Vanhu vese vakaswera vachifara apo samutumwa akadzoka panguva dzerurovanhongonya neshoko rekuti akange aona tezvara vawo vachinyemwerera vachiverenga tsamba iye apo iye ainge akahwanda mumuti. Chiitiko ichi chakati name mupfungwa dzaZorodzai.

Zorodzai akati nechemumwoyo, 'Kudzidza nekuona kwakasiyana nekupandirwa nyaya.'

"Vakomana kwadoka, ngatichikombe mombe tiende kumba." Muchazondizonda akadaro achitosimuka paakange akagara.

Vese vakati nyamu kusimuka vachisiya vana vetsoro vari mutumakomba twakasiyana-siyana. Vakaverenga mombe dzavo ndokudzitinha vakananga kudanga. Pimai akatemha shizha remugurushete ndokuboora nekusungira karwodzi kumativi aro. Akabva aripfeka achivhara mhino nemuromo wake achitevedzera kupfekwa kwemasiki. Vamwe vake vakafadzwa nazvo ndokutevedzerawo. Uku kwaingove kutamba zvako kwekumafuro.

Chitsauko 8

Vakange vakarara mugota Pimai, Zorodzai naMuchazondizonda. Nyaya dzaitsvapo dzaive dzechiitiko chesvondo rakange rapfuura chekutiziswa kwaDanai. Mumwe nemumwe aidakarira kuti arondedzere zvaakange aiita, zvaakange aona uye zvaakange anzwa.

"Mucharangarira here nyaya yekutizirwa kwaTafangechedu vakomana?" Muchazondizonda akabvunza.

"Ehunde! Asiwo paye, sezvinoshura, vanhu vachibva kupemberera maiguru Danai, kwaMatimbwa kwakanzwikavo mhururu zvichinzi mukorore wavo Tafangechedu atizirwawo nemumwe musikana. Chakazondinakidza ndechekuti vanhu vasati vamboita zvezvirango, masikati acho mumwezve musikana ndiye pfacha kusvika. Kwemazuva matatu akazotevera kwakaganha vasikana vashanu ndokuramba zvichingodaro kusvikira vave gumi nevatatu.

"Munoti zviri zvega here zvakaitika kuna Tafangechedu zviye? Ingozi inogara ichitaurwa nababa kuti vanhu wekwaMatimbwa vakauraya tete vedu. Wakambozvinzwepi mukore uno kuti kuchine vasikana vanoganha nyangwe kupfimba varume?" Muchazondizonda akabvunza.

"Kwaani, zvekutoganhwa zvakaitika izvo zvitete. Uchiri kutondera here kuti gore rega rega mumwedzi vaMbudzi mumusha wekwaMatimbwa imomo munovigwa munhu. Handiti mhayi vakati ndivo mwedzi vakapondwa bambomukunda vedu nananyamusenga vemumusha imomo. Zvinhu hazvina kumira kwadiba kani. Saka unoti pakadaro taienda here kundopembererawo ivo varoora vacho?" Pimai akabvunza.

"Tichiregerereiko nhai vanamukoma? Dai takaendako ndainowana mukana wakataramuka wekudzidza zvakawanda kana zvebarika."

"Ekwe-eko! Waienda wega. Unoda kuti tinamire kumhepo dzemumusha wevanhu nhai? Kungoita kuti iwe uri njeni mudunhu rino, hauna chawakaona. Unoziva here kuti gore rapera mumwedzi waMbudzi wataurwa, mudunhu rino makavigwa mitumbi mitatu pazuva rimwe chete?" Pimai akabvunza.

Zorodzai akati tororo akatarisa Pimai mumwenje wainge wakajekera nechekurekure kubva pachibani cheparafini chaipfumbura chiutsi.

Akabvunza achiti, "Chii chakange chaitika?"

"*Chakange chaitika* futi? Vanhu vakange vashanya kuno pazororo vakaita tsaona yakaipisisa vodzokera kumabasa kwavo kuHarare. Vese vakatsakatikira pamupoteserwa weHome Park tonanga kuMarondera. Vanamhayi vakashora mutyairi kuti ngei akange ambobvuma kutakura munhu wekwaMatimbwa. Zvainzi ndiye akakonzeresa tsaona iyoyo mushure mekurondwa nengozi yavo. Ngozi haitambisi kani." Pimai akadaro.

Zorodzai akange akati atsama muromo akatarisa Pimai.

"KwaMatimbwa kwaive nechipoko chaizivikanwa kuti ndechaGiribheti chaioneka kuti n'ai n'ai usiku zvikuru sei kana kune mhute. Chaiti n'ai dzitya kubva paguva raive kwaro rega nekuda kwekuti Giribheti wacho akange akazviuraya, sakani semurawo haana kuvigwa pakarara vamwe. Munhu anenge azvipfuudza upenyu hwake anovigwa zvisina rukudzo sembwa. Chipoko chemushakabvu Giribheti chaioneka chotizve n'ai chopinda muhozi yake. Vechikuru vaiti mushakabvu uyu aipota achimaira mudzimai wake nemhuri yake." Muchazondizonda akadaro.

"Saka nhai mukoma, ngozi neuroyi zvakafanana here?" Zorodzai akabvunza akazvirereka.

Pimai naMuchazondinda vakatarisana. Vakaita mukarirano wekupindura mubvunzo waZorodzai. Pimai akacheuka cheuka sezvinonzi aitarisira kuverenga mhinduro kubva kumativi ake.

Muchazondizonda akapindura achiti, "Ngozi inobva pamunhu akafa. Munhu iyeye anenge achigunun'una omukira munhu akamuuraya kana hama dzake. Kumuka uku kunenge kuri pamweya zvekuti pfukwa yacho inogona kuuraya vanhu vehukama vanyakutadzira mufi. Inogonazve kuvapengesa ichibuda ichitaura twakatsaukana kana kurondedzera maurairwe akaitwa nyakupondwa. Imwe ngozi inokonzera matambudziko akasiyana-siyana sekuti urema, kusaroora kana kuroorwa, kuita munyama nezvimwewo zvisina kukodzera muupenyu hwemunhu."

Pimai akagamha nyaya achiti, "Ngozi yakaipisisa ndeinoita kuti mwana arove mhayiyo vake nekuti iyoyo inenge yatovedzerazve imwe ngozi pamusoro, inotozoripwa nekutanda botso. Zvauriwe Zoro uchabvunza kuti botso chii."

"Haiwa kani Pimai! Zvebotso anozviziva uyu. Handiti baba vake vakanyora bhuku rakazara nazvo here, riyezve rinonzi *Hatiponi*?"

"Ukati iwe unomboverengawo here zvinyorwa zvababa vako?" Pimai akabvunza.

"Nenguva iri kure mukoma." Zorodzai akadaira.

"Inga mapudzi anowira kusina hari. Ndakaonazve bhuku rababa vake rakanzi *Dzidziso yeDzimbahwe: Mabasa nemitambo yevechidiki.* Mubhuku imomo makazara utesve kupfuura zvatiri kumudzidzisa kuno zuva nezuva. Ungazoda zvakadini iwe uchigara mudziva reruzivo?" Pimai akabvunza.

Zorodzai akatanga kunyara-nyara. Akayeuka kuti zvechokwadi baba vake vakange vasingarare vachinyora muChiShona.

Akati, "Kutaura chokwadi mukoma, chinondidzora kufarira ChiShona kudzikisirwa kunoitwa mutauro iwoyo nevamwe vana vekuchikoro kwedu. Vanotitsvinyira vachiti tinoda ChiShona *stereki* saka tiri vana ven'anga kana kuti tichaita n'anga. Hameno zvazvinongoita *so* kana wanzwarwo."

Mugota makamboita runyararo.

Zorodzai akayeuchidza achiti, "Ko, hamuna kuzondipedzeraka paye pezveuroyi mukoma."

"Ho-o zviye!" Muchazondizonda akaenderera mberi achiti, "Muroyi munhu mupenyu anoitira vapenyu zvakaipa achishandisa mishonga. Idiko, vamwe vanoti varoyi vanodya nyama yevanhu vakafa, hamenowo. Chandinoziva ndechekuti muroyi anogona kukonzeresa zvakaipa zvimwe chetezvo sengozi, asi huroyi hunoroyonorwa kun'anga, ngozi inoripwa kuhama dzemufi."

"Ho-o!" Zorodzai akadairira.

"Muudze nezvambuya waye wemutsago." Pimai akapesvedzera.

"Ha-a, iye yakaomazve!" Muchazondizonda akadairira.

Zorodzai akange ati nzeve kwangwa nekuda kunzwa zvitsva. Akaramba akapfunda mubvunzo wake.

Pimai akati, "Pane imwe mbuya yaigara kuKafiramberi inonzi yakabatwa pan'anga mushure mekunge vanhu vafamba nemurwere kuti abatsirikane pachivanhu sezvo zvekuchipatara zvakange zvaramba. Zvinonzi nyahana vakati, 'Denda rakagara murwere uyu harisi kuzopera nekuti achave mutsago wambuya vake avo vave nemazuva aswedera. Dzokai zvenyu nechipeto chenyu mundomirira nguva nekuti hapachina munhu apa.' Vashoperwi vakabva vadzoka zvavo."

Muchazondizonda akadairira achiti, "Ehe, zvakanzi vabereki vemurwere vakagunun'una zvikuru nemashopeshope iwavo. Vazhinji vakaatora semashoko enhema. Vamwe vaisimbisana vachiti vakange varasikira kuchin'angachinyepi. A, nyahana iyeye akatogona zvake nekusavaripisa chinhu! Dai zvisiri izvo, angadai akazvandakatswa. Sezvineiwo, pakazombopera mazuva maviri here, murwere ndiye sarai, kufa."

"A-a!" Zorodzai akashamiswa.

Pimai akagamha nyaya achiti, "Manje rechimangwana acho, mbuya vemurwere vakange vataurwa nezvavo vakabva vatisiyawo mutumbi wemuzukuru uchiri mumba. Ipapo pakatupfunyuka pfungwa dzakasiyana-siyana. Kune avo vaitenda kuchivanhu vakatenderana nemashopeshope anyahana. Vamwe vezvimwe zvitendero vaingoti paita mangange. Chakazonakidza ndechekuti kwakachaiwa nhare, mukuda kuzivisa hama dzambuya vaye shoku renhamo iyi, uyezve kuti kwakange kwatumwa nhume nemutete wemaokoaduza kumadzisekuru."

"Ha, kwavo kuChitungwiza vanoziva achinzi mhere." Muchazondizonda akarerutsa mutauro.

Pimai akarondedzera achiti, "Saka madzisekuru akachin'a achiti akange asingauye kuzochema zimbuya muroyi. Vaiti ivo vakange vari pamariro emwanasikana vavo akange afawo panguva dzimwechetedzo. Shoko rakati mukufamba kwavakaita kumaporofita vakange vaudzwa kuti tete vavo, kureva mbuya vaye, vakange vachida kuenda nemuzukuru iyeye semutsago. Vanhu wepamusha apa vakati kanha kushamiswa nazvo. Tese tichinzwa izvi takashaya kuti kuroya kwerudzii ikoko kwekuti munhu anouraya muzukuru mumusha maakaroorwa kozotizve kwaakabarwa."

"Ko, iyo mitsago yacho inombodiwa miviri here nhai mukoma? Handiti munhu akakwana anotsamira *pillow* imwe chete?

"Saka unoda kuti muroyi anzi akakwana here nhai mupfanha iwe? Wakapusa!" Pimai akadaro.

Zorodzai akashaya kuti necheakange adairirawo zvake nyaya iyi. Muchazondizonda akangopa munin'ina wake Pimai ziso ndokuramba akanyarara.

Pimai akasesekedza nyaya iye achiti, "Chakange chatanga ishura mberi rekuti pakange pofa murume wambuya ava, akakohomedza hama dzake kuti kana chembere iyi yazofa, isazovigwe mumusha uyu, asi kudzorerwa kumusha kwayo. Mashoko emushakabvu aya aitofanira kutevedzerwa. Kusangozvitevedzera chete, zvaizounza honzwa mumusha. Gara zviye ndakakuudza kuti honzwa chii?" Pimai akabvunza.

Zorodzai naMuchazondizonda vakatarisana. Zorodzai aiita seaibvunza nemeso ake kuti, 'Ndipindure here?'

Akazoti de de de achiti, "Honzwa zvinoreva jambwa rinokonzerwa nemunhu akafa."

"Vagona! Zvakazoitika ndezvekuti vanhu vakashaya kuti voita sei nemutumbi wambuya vaye sezvo madzisekuru avo akange abheja kuti akange asingauye kunhamo iyi. Zvino kuno kumusha munhu haavigwe pasina hama yake yatema rukawo." Pimai akadaro.

Zorodzai akabvunzira mumoyo achiti, "Zvino vakazoisepi chitunha?"

Muchazondizonda akagamha nyaya achiti, "Vakati vapedza kuviga mwana wemumusha uya ndokutakura chitunha chambuya vaye ndokundorasa kumakuva ekuSakubva. Batisisa ipapo, ndati kurasa nekuda kwekuti vanhu havavigwi zvine rukudzo kumadhorobha kwenyu ikoko sezvinoitwa kuno kumusha. Mudhorobha, guva rinonge rakatemwa rukawo naani? Handiti rinotogara rakacherwa nevatorwa? Makuva emudhorobha akafumuka zvavo, asi padambudziko rambuya ava zvakabatsira chaizvo. Hapana zvirango zvaidiwa kumakuva ikoko. Dai zvisirizvo, mutumbi ungadai wakaputikira mumba."

"I-i, saka ndikafa ndinoda kuvigirwa zvangu kuno kumusha!" Akadaro Zorodzai.

"Ekwe-eko! Ukavigirwa kuChitungwiza kwenyu ikoko unofunga kuti mutumbi wako unoradzwa muchikuva here? Chichibvepi idzo dzimba dzemudhorobha dzisina zvikuva? Panondisvota ndepekuti guva racho rinenge risina kudzika kunge rekasvava, apa muchinzi heki heki kumhanyiswa kuti muchengetedze nguva nanamuzvinamakuva. Iko kuzoti ivhu bhii bhii kani pabhokisi sezvinonzi pari kuvigwa imbwa. Rukudzo rwunongodiwawo nyangwe munhu ave chitunha. Kwenyu ikoko hakusakurirwe makuva sekuno, munongotungidza moto semunopisa mavivi."

"Ehe, ipapo mareva chokwadi mukoma. Ndakazviona kumakuva ekuMbudzi vachipisa nemoto." Zorodzai akabvumira.

"Wazvionaka! Manje kuno zvikaitika sekudaro, nyakutungidza moto anomiswa padare rasabhuku ototongwa nemhosva yekupisirira kumakuva. Asi, handidi kuti uzvisanganise nekupisira makuva kwandakambokudzidzisa maringe nezvenhaka. Kupisira guva kwenhaka ndekwekuti munhu akafirwa anodanana nemumwe munhu nyakuenda asati achenurwa. Upabatise ipapo."

Pimai akamedza mate ndokuzoti, "Babamudiki, baba vako iwe wanosimbirira kukaka nheve yeshindi wachiregedza kuvaka kuno kumusha. Saka wakafa neKorona yakati kuuya iyi mutumbi wavo ucharadzikwa muimba yaani, pachikuva chaani? Unoziva here kuti mhayi vakati havadi nemba yavo? Hameno zvenyu vanaZoro musina chidziro." Pimai akadaro.

Pakamboita runyararo. Zorodzai akanetseka mupfungwa nekuda kwemashoko akange ataurwa aya.

Pimai akabvunza achiti, "Gara zviya takati sei tichirova makuva?"

"Kuti tidzore mudzimu mumusha pamwe chete nekusvitsa mweya wemufi kuvadzimu." Zorodzai akapindura.

"Iwe, tsanangura zvakanaka mhani! Hauoni here kuti wapindurudza zvinhu? Chinotanga chii?" Pimai akabvunzazve.

"Kusvitsa mweya wemufi kumadzitateguru ake ivo ozodzora mudzimu mumusha. Zvese izvi zvinoitwa nezvirango zvinosanganisira kubikwa nekupirwa kwedoro, kudetembera pamombe kana mbudzi, nhekwe ine bute, ndiro yemuti, uye zvese zvichiitirwa muchikuva chinowanikwa mubikiro. Doro racho rinobikwa nemachembere aguma ura. Pabira pacho panorara pachitambwa ngoma nekuimba nziyo dzechidzimba. Asi nhai mukoma, ko, zvamusina kuzopedzesa nyaya dziye dzengozi?" Zorodzai akanzwa chishwe chaive chakati shwe-e mupfungwa dzake choti tupfunyu apo akazvishingisa kudzora vakoma vake mugwara rezvaaida kuziva.

"Ho-o zviye! Mukoma, muudzeika yepaMakunike iye azive kuti zvimwe zvavanoita vanhu vemudhorobha ava kubatira zvinhu padenga." Pimai akadaro.

"Usabva wanyanya kushora zvekudhorobha iwe. Kune zvizhinji zvazvakanakirawo. Zvisinei, unoona zvakaitika Zoro munin'ina ndezvekuti, pane mumwe murume ane chitoro imo muno muHonde. Saka nekuda kwekufurirwa nen'anga kana kuti vaporofita wenhema, murume uyu akanzi auraye munhu atore nhengo dzemufi oisa muchitoro kuti bhizimusi rake ribudirire. Muzvinachitoro uyu akange ane chikwata chake chevemabhizimusi vaive nepfungwa imwe chete. Saka vanhu ava vakaita kanzatu kanzatu ndokutsvaga madusvura matatu avakapa mari kuti auraye munhu.

"Sezvineiwo, pakaita mumwe murimi aizivikanwa zvikuru. Murimi uye akarondwa nemadusvura aye achibva kumusangano wezvekurima. Hameno kuti murimi uyu akanyumwei, ndokupotera pamba pemumwe mupositori aigara munzira yaienda kumba kwake. Zvitendero zvakapiringana. Murimi semunhu akange achinhuva hwahwa, mupositori akaramba kuti arare mumba make. Murimi uye akachema-chema achiti, 'Munhu washe kwaita vanamupakatsine vari kundironda, ndipeiwo pekurara usiku huno chete.' Mupositori akati nyena kuramba. Murimi uye achingobva pamba pemupositori uye, akabva anzi haka kubatwa semhembwe chaiyo nananyamusenga vaye. Vakamudzipa ndokubva afa chiripori potyo.

"Vakamutakura ndokumutsveta pachimwe chitondo. Vakarangana kuti hazvaiita kuti vamuvhuyire pedyo nenzira. Mumwe wavo akaenda kundokumbira bhara pane mumwe musha. Sezvo hwakange hwave usiku muridzi webhara haana kubuda panze. Akangoraira paraive riri chete. Nyakukumbira akatora bhara ndokubva andotakura chitunha chemurimi uye ndokuenda nacho pachisango chaive nechekure nemisha. Vakacheka cheka zvavainge vakatumwa nanamuzvinazvitoro ndokuti njo-o chitunha chiye

103

muchigoronga. Vakandopa vana muzvinazvitoro vaye nhengo dzavaida."

"Itii ga ga ga mukoma, mukarebesa nyaya yacho hapana zvachinobata chimupfanha ichi." Akadaro Pimai.

"Chitaura iwewe, ndiwe mudiki." Muchazondizonda akaitura nyaya.

"Pakanaka! Iwe mupfanha teereresa. Vanamupakatsine vaye vakageza bhara riye pakamwe kamukomba, asi rakasara kado-o keropa pamubato waro. Bhara rakadzoswa parakange ratorwa. Mutumbi wemurimi uye wakazoonekwa nevakomana vaifudza mombe ave mangwana acho pamasikati." Pimai akadaro.

Mashoko aya ataurwa saizvozvo, hana yaZorodzai yakati tibu kurowa. Akange otya kusangana nezvitunha mumadzotswa mavaisimbotsaukira pavaive vari kumafuro.

Pimai akaenderera mberi achiti, "Muridzi webhara akamukira kundorishandisa kutakura manyowa kubva mudanga achiisa mubindu rake. Ehunde, kado-o kaye keropa akakaona, asi haana kumbofungidzira zvikukutu. Kado-o ikako kakazomuparira ngozi huru. Ngozi yaiti, 'Zvawakaona ropa rangu waifunga kuti kwakauraiwa mbudzi here?' Zvakaoma kani."

Muchazondizonda akapindira achiti, "Ngozi yemurimi iyeye yakatsviriridza senyere. Pasina svondo chairo mushure mekunge mutumbi wavigwa, mweya wemufi wakange watomuka chibhebhenenga. Ngozi iyoyo yakatsvaira zvipuka zvese zvepamisha yemadusvura aye zvekusiya pasisina chero rakadzi zvaro. Vanamuparanzvongo vakavhunduka ndokuedza kumhanya

mhanya kumativi akasiyana-siyana mukuedza kuda kutsindika mweya wengozi iye, asi zvakakona n'anga murapwa achida. Mumhuri dzavo makaita vana vaidonha vozobudirwa nemweya wanyakupondwa achirondedzera maurairwe aakaitwa. Hama dzavanamupakatsine vaye dzakakwidza nyaya kwaShe Rukwamadombo. Ishe vachinzwa izvi, vakadaidza varume vaye padare. Vanamuparanzvongo vakaramba mhosva yavakange vachinenedzerwa. Ngozi yakati izvi ndizvo zvayayida chaizvo. Yakatanga kupukuta vanakomana vese vemadzinza evarume vaye. Mumisha makaita dzvootsvoo. Vanhu vakabatirana matemo, asi madusvura akaomesa mwoyo achiramba kududza nekuripa sezvaidiwa. Chakati chauya pavanasikana. Zvaingoti mwanasikana ari kuzvitambira hake nevamwe ongoti pu-u pasi, pfaru pfaru, ndiye sarai, kuri kutofa kwa…"

Pimai akaigurisira achiti, "Iyo yeurombo iyi, mumwe mukadzi aitengesa zvirimwa pamugwagwa akange akatumwa kubvura rurimi rwaasina kuziva kuti nderwei nemumwe muzvinachitoro. Nyamba rurimi rwuye rwakange rwuri rwanyakupondwa. Ngozi iye yakamukupura ganda zvekusara ati piriviri kunge avhiyiwa ganda. Mukadzi uyu akayaura zvisina ani zvake akamboona. Akazofa zvake, asi akange atamba nhamo tsvuku inenge ropa. Vanhu panzvimbo yekumuchema, vese vakatofara kuti zvanakirezvo, akange ozorora."

Muchazondizonda akanzwa seasaririra pakupandira nyaya iyi ndokuti, "Chakatyisa pangozi iyi ndechekuti, ani zvake akaita zvaakaita maringe nenyaya kana mutumbi wemurimi uye akachiona. Vanhu vakange vototya kutaura nyangwe kuseka nezvazvo. Zvinonzi vanasikana vemazera akasiyana-siyana vemimisha

105

yemadusvura, uye wekubatsira nebhara, mupositori, mai vaye vekusvupuka ganda, vanamuzvinazvitoro nemapurisa akasabata nyaya iyi nemazvo vakaerekana vati piti piti pamba pemushakabvu uye zvakatadza kunzwisisika."

Pimai akati, "Usasiirire pekuti pakazoita mumwewo mukadzi aive nebvepfe rekodzero dzevanhukadzi. Akandozvuzvurudza mapurisa ndokukumba vanasikana vaye vakange vaungana pamba panyakuenda vachizviti vakange vakavinga murume vavo, vachiganha mushakabvu. Mukadzi uye akati hutu kuenda nevanasikana vaye kwaMutare kwavaichengetwa neboka rekodzero dzevanasikana rainzi *Girl Child Trinity*. Chaasina kuziva ndechekuti akange agoka moto wembava, ngozi ndokuvhurumutsa mhuri yake zvisina ukoni. Zvinonzi, pese paaifamba, kurara nekudya, vanhu vaiona zibvuri zidema-dema rakamuputira zvekusvika pakutizwa nevamwe vanhu. Nanyamusi zvinonzi akambotiza munyika muno, asi zvandinoziva ndezvekuti ngozi mweya, hautiziki. Hameno, zvinonzi akatizira kukereke yemweya kumhiri kwemakungwa ikoko."

"Ekwe-eko, positori haidzinge mweya shamwari! Wakanganwa here mudhara uye ainzi akanzi ambondotanga agadzirisa matare ake echivanhu ozodzoka zvake oreurura nekuereswa. Kuzivaka kuti midzimu iriko. Ngozi hainei nemitemo yenyika ufunge. Munongotsvairwa zvakadaro mukasairipa."

"Ndinoona sekuti iyo ngozi yacho inokutinhira mukupara imwe mhosva kuti utambure zvakanyanya, sokuti ukairipira nemwanasikana unobva wasungwa wogara mujeri, zvinova kutambudzwa kwakangofanana nekufirwa kwamange muchareva kuye." Zorodzai akadaro.

"Apa wareva mupfanha. Dzako dzave kudhonzawo manje." Pimai akadaro.

Zorodzai akabva aita manyavi ndokuti, "Iwo mutemo wenyika wagara usingatenderi zvekuurayanaka. Kungoti hazvo ngozi inozoshungurira nevasina mhosva. KuChitungwiza kwakamboitika chiitiko chakakatyamadza vanhu vese."

"Chei?" Pimai akabvunza akakwidza mananda pahuma.

Akati dzvoko ziso kunaZorodzai murima imomo.

Zorodzai akatsinzinyira ndokuti, "Pamwe pamba paigara imwe n'anga. Saka manje, pane vanhu vaida kuvhara ngozi…"

"Iwe, takati kunonzi kutsipika kana kuti kutsindika ngozi. Haubate zvinhu vakaitwa sei?" Pimai akaganhurira Zorodzai.

"Pakanaka mukoma!" Zorodzai akadaro.

Akamboti zi-i. Akabva anzwa nyaya iye yati hwa-a mumusoro make. Akacheukazve ndokuona Pimai akachamudzvokora, ndokubva atsinzinyira zvakare.

"Tauraka!" Pimai akadaro.

Zorodzai akazoenderera mberi achiti, " Ndapedza mukoma."

"Iwe mupfanha usada kutamba nepfungwa dzedu. Atanga twake ndihombarume. Nzeve dzangu dziri kutoda kubviswa mafunzu nenyaya iyoyo."

"Pimai kani, sei uchiita kunge uri pfurikani yaZorodzai iwewe? Itawo rudo." Muchazondizonda akaraira.

"Pfurikani, chiiko nhai mukoma?" Zorodzai akabvunza.

"Handiti mazvionaka! Handiti ipapa ari kutobvunza zvisina maturo?"

"Benzi bvunza rakanaka Pimai. Kubvunza mucherechedzo weuchenjeri. Sei usingagoni kutaura nemunin'ina wako zvakanaka?"

"Handina munin'ina akapusa zvekutadza kuziva kuti pfurikani munhu wawakasiirana naye zamu." Pimai akadaro.

Misodzi yaZorodzai yakabva yati ngarangara mumaziso ake.

"Enderera hako mberi Zoro. Nyaya yako yange ichinakidza."

Zorodzai akaenderera mberi achiti, "Hameno zvakakanganiswa nemuporofita uye ndokubva paputika rinenge zibhomba chairo, imba yese ndokuti mwarakata pasi zvekusara pakaita kunge dongo repa*Pentagon*."

"Kunyepa! Pendagonhi ndochii ichocho?"

"Ya-a, wazongwarawo! Wave kubvunzawoka?"

"Ndinoreva pa*Pentagon* yekuAmerica inonzi yakabhombwa ma*towers* maviri nendege ndokubva ati mwarara pasi zvekusara poita kunge pasina chakambovakwapo. Vanopati pa*ground zero* nekuda kwechiitiko ichocho."

"Iwe hatisi ku*America* isu. Ndiko kuita musorobhangu ikoko, kukarira zvekumhiri kwenyika uchitadza kuziva zviri muberere mako. Ndosaka uchinonoka kubata zvandinokudzidzisa. Dehenya rako rakazara tsika nemagariro enyika dzisinei nesu. Unogara ikoko here kwaunongoti gwede, 'Amerika'? Kana usina nyaya unonyarara. Wazvinzwa mupfanha?"

"Hongu mukoma!" Zorodzai akapindura akarereka musoro padivi.

Muchazondizonda akange osvotwa nenyaya dzevaviri ava, asi akasarudza kusiyawo zvakadaro.

Muchazondizonda akati, "Unoziva here kuti mhuri dzakaramba kuripa dzakaparara dzese kukasara ivo vanasikana vavo vakaganha ngozi. Kupera kuti tsvai mufunge. Haa, ngozi iyi ipfigisamusuwo kani."

Muchazondizonda akati, "Wasiirira pekuti pese paibuda mweya wemufi waitaura kuti ngozi iyoyi yaifanira kuripwa nemhandara pamwe chete nemombe dzakati kuti. Mhandara dziye dzakange dzatorwa nemuzvare uye wekodzero dzevanhukadzi dzakati rururu dungwe dzichitiza mumusha madzakange dzakachengetwa. Dzakatingura pasi netsoka kubva kwaMutare kusvika kuHonde dzichitevedza mugwagwa mukuru. Vatyairi vedzimotokari vaiona chita chemhandara idzi vaimboti tsvi vachida kupa rubatsiro rwekuvatakura, asi vanasikana vairamba. Vamwewo ndivo vaifunga kuti donzvo remhandara naku idzi raive rekupemhera mitambo yemakundano erunako. Vemashayi edzvetsva vakange vototi

109

dzavira mutswanda hadzichanetsi kunongera, asi vanasikana vakati,
'Kwete garai zvenyu neupfumi hwenyu. Isu takaroorwa nemunhu
mumwe chete, tiri pabarika.' Zvakaoma kani. Vazhinji vaibva
vatosvibiswa mwoyo nemhinduro yaiuya yakaputirwa nemweya
wemushakabvu. Ha-a, zvatakuudza zvakwana Zoro. Chirara."

"Zvakanaka mukoma!"

"Zvinonzi vanhu vakamboti zvekuripa ngozi nemunhu
ndezvechinyakare uye zvakange zvave kunze kwemutemo. Atswe
yatswe, vese akamirizika pakuzvidzivisa aibva abaiwa nepfumo
rengozi iye ototi sarai. Mapurisa akada kumirizika nenzira isiri iyo
anonzi akapararawo. Hameno kana chiri chokwadi."

"Ichokwadi Mucha! Hameno Zoro kana asingazvitende zvake, asi
ngozi huru iyi hapana asingaizive nezvayo muno maHonde mese."

"I-i, saka zvengozi zvakaoma. Dai vanhu vaiziva matambudziko
anozosanganikwa navo nevasina mhosva, pasina kana ani zvake
anouraya umwe munhu." Zorodzai akadaro.

Pakati jongwe rekutanga kokorigo rigo rigo, vakomana ava vakati
zi-i vese vachishamisika kuti kwave kuyedza kwekunze here, kana
kuti kwaive kurira kwejongwe mupengo.

Chitsauko 9

Vakomana vakanga vachifamba zvishoma nezvishoma vachitevera mombe dzakange dzichifura uswa dzimwe dzichidya mashizha emiti inoti miunga, mitamba neimwewo yakadaro.

"Munin'ina, usakanganwe kumuudza kuti nyangwe iko kuswera tichituhwina munaNyangwe kwatinoita kuye imhosva zvekare. Anoziva here kuti vabereki vedunhu rino vanotenda kuti dziva iroro rine njuzu. Ucharangarira mhayi vachitikohomedza vakohomedzazve kuti tisatambireko nekuti mazuva ano hakuchina anokwanisa zvechivanhu zvekudzosa munhu atorwa nenjuzu? Saka iwe Zorodzai, ukangozviti bufu chete, unenge watiuraisa zvachose. Zvekumafuro ndezveko, hazvitaurwe. Nyangwe ukadzoka kuZengeza kwenyu ikoko, ukazvitaura hameno hako." Muchazondizonda akadaro.

"A, kana ndikazvireva zvine basa rei? Handiti mai vangu vanenge vari kuChitungwiza uko imi muri kuno kuHonde?" Zorodzai akadaro.

"Atswe-yatswe! Asi hauzive kuti mai vako nevedu vanowirirana zvakanyanya? Zviye zvekunzi varoora vanombokonana, kwavari ava hazvina kudaro. Ukangozvireva zvinoswera zvasvika kuno ukatiparira." Pimai akadaira.

Zorodzai akabva aramba akati dzvoko kumutauri achishamisika nezvaainzwa. Muchazondizonda akatsinhira achiti,

"Ukangozvitaura chete, unenge waita mangachena inoparira parere nhema."

"Manga chena ndicho chiiko nhai mukoma? Ini ndinoziva tsumo yamareva ichinzi mboko chena inoparira parere nhema." Zorodzai akabvunza.

"Tsumo idzodzo ndedzimwe chete. Dzinoreva zvakafanana. Zvisinei, manga zvinoreva kuti batya."

"Heya! Haiwa, ndiri kudzidza zvakawanda kuno. Inga chirwere cheDzihwamutsvairo ichi chatipa mukana wakakura tese. Kuipa kwechimwe kunaka kwechimwe." Zorodzai akadaro.

"I-i usatiyeuchidze nezvacho. Chirwere cheKorona ichi chiri kutyisa ufunge. Zvino nezvinotaurwa nezvacho, chikatekeshera munyika ino, inoswera yapfiga mikova mombe dzotosara dzisina mufudzi." Muchazondizonda akadaro.

Pimai akabva ati pwati kuseka. Zorodzai naMuchazondizonda vakaramba vakatarisa Pimai akange otoita kukotamira nesetswa. Vese vakabva vati bvuu kuseka vachinakidzwa nekuseka kwake kwete zvakange zvichisekwa naiye.

"Iwe Zoro uri kuseka Pimai, yasvika zvino nguva yekukusekawo. Doba tinzwe zvatakakudzidzisa munin'ina. Korona ikanzi yapera unenge wodzoka kwenyu kuChitungwiza kwamunotambura nemvura neyekunwa chaiyo." Muchazondizonda akadaro.

"Pakanaka mukoma. Zvemumba; tswanda, chisarima, rusero, makate, dende, mikombe, tsaiya, mbiya, hadyana, nhurikidzwa dzehari, chikuva nezvimwevo zvakadaro." Zorodzai akadoma.

"A, saka wangodoma zvemubikiro chete, asi unokara?" Pimai akabvunza.

"Kwete mukoma. Zvechirume kune demo, gano, pfumo, mbezo, mipini inogadzirwa neminhondo kana misasa. Kozoti, maturi anowezwa nemitsamvi kana mikute; makuyo nehuyo zvematombo; mitswi, zvituru nemitsago yeminhondo nechainga chekukuyira bute."

"Ndizvo chete zvawakabata pane zvese zvatakakudzidzisa here?" Muchazondizonda akabvunza.

"Kwete mukoma. Ndave kuziva kuti guyo rinotsigirwa nematsigo. Nhungu ihuru kupfuura dura. Mabadera anopfekwa mumaoko, chipondo kana ndoro zvinopfekwa pahuma, uye nyamukaira inopfekwa muhuro nevasikana."

"Ya-a, unofanira kuziva ChiShona. Zvakanzi ndizvo zvawakaunzirwa kuno kumusha nekuti kwenyu kudhorobha uko uri kungokura mhumhu nedzoro risina chinhu. Munhu ndevekuchangamuka, hazvidi kuchaisa izvi." Pimai akamunyunyura.

"Ichokwadi ichocho. Unofanira kudzokera dehenya rati tushu kuzara nezivo. Zvikadaro, mainini vachafara votitengera zvatinoda. Tinenge tagonawo basazve."

"Ko, vasiirira zvekunyungudutsa mhangura wani." Pimai akadaro.

"Ho-o zviya! Zvakawandisaka mukoma. Handiti mhangura inoshandwa iri mubira rine moto wemasimbi kana kuti marasha. Tinoshandisa mvuto yematehwe kufuridza moto mubira kuburikidza nenyengo inofamba nayo mhepo. Mhangura inonyunguduka kuita mutobvu, tobura tichishandisa rumano. Tinotswanya mhangura yacho panhera tichishanda nemvuto. Pachine chimwe here mukoma?"

"Ha-a, une pfungwa dzakapinza setsono munin'ina. Ukaramba wakadaro, ukakura unogona kuzoita mutungamiriri wenyika chaiye." Pimai achipedza kutaura, iye naMuchazondizonda vakabva vati bvu-u kuseka.

"Chitiudza nezverupawo, ndinoreva ma*colours* awave kuziva." Pimai akadaro.

"*Red*, tsvuku. *Brown*, tsvuruka kana pfumbu. *Yellow*, nhundurwa. *White*, chena. *Grey*, cheneruka. *Black*, svipa. *Blue*, svipirika. *Green*, chinyoro. *Bright red*, ushavarunje. *Gold*, ndarama. *Ox-blood*, shavapara. Ndapedza!"

Bu bu bu! Muchazondizonda naPimai vakaomberera Zorodzai maoko.

"Ya-a! Mupfanha wakaoma. Pfungwa dzako itsono chaiyo." Akarumbidza Muchazondizonda.

"Zvauriwe uchakanganwa mhando dzekubata hove mhuka neshiri dzandakakuudza sekuti kune mikuni, misungo, mariva, mugombe, munemba, chizarira, chiredzo, duvo, rugombi, rudzingi, hunza, bote, mambure nezvimwewo zvakawanda. Wazvionaka kuti pfungwa dzanguvo dzakapinza kutopfuura dzako?" Pimai akabvunza. Akaenderera mberi achiti, "Asi, usazopusa sanababa venyu vanoti kocho mumadhorobha vasingavake kumusha."

Vakomana vakazosimudza nhanho vachitevera mombe dzakange dzave chinhambwe dzakananga divi remisha yekwaRukwamadombo. Kana ari Pimai zvake, akange otya kuti rimwe dhonza ravo rairunza raigona kutsauka rakananga kumapindu. Ainyanya kutya mai Mukonowatsauka avo vakambouya kumba kwavo vachibwereketera zvembesa dzavo dzakange dzadyiwa nemombe. Izvi zvakange zvakatsamwisa vabereki vavo zvikurusa. Mai Mukonowatsauka vakange vavayambira vachiti, 'Mukazvipamhazve tinosvitsana kudare kwaMambo Handizorori.' Mashoko aya akange achiri mapenyu munzeve dzake Pimai sezvo akange ari iye akange aine dzoro pazvakaitika.

Vachifamba kudaro, Zorodzai akambotsauka ndokuenda pabvokochwa paaida kuzvibatsira. Achingoti pindikiti muchisango chiye, akabva aona murwi wemazai machena-chena akange akaungana pakange pakafukurwa ndokurongerwa mauswa sedendere. Akamira kudaro achimayeva, akanzi n'a paziso.

"Swititi-i!" Akabowa nekurwadzirwa, uku achitiza kubva pabvokochwa riye.

115

Pimai naMuchazondizonda vachinzwa mhere, vakamhanyira kwaive naZorodzai. Ziso raZorodzai rakange ratoti tukunu tukunu kuzvimba. Muchazondizonda akaziva kuti marumirwo emazvimbiswa aya ainge aiitwa nemago kana kuti nyuchi. Akacheuka cheuka achitsvaga chero mubikasadza kana mususu. Akananga pamususu ndokutemha mashizha avo ndiye tsukute-tsukute mumaoko ake zvechimbichimbi. Akabva asvinira muto wacho pamazvimbiswa aZorodzai. Zorodzai akayuwira nekuvaviwa nemushonga uye wakange uchitywikitidza munyama yake. Waiita seunoswinya, woitazve seunorwadza. Zorodzai akange ongohwihwidza akabata paziso paye.

"Mune mazai andaona umo." Zorodzai akanongedzera pachisango chiye sechana chinoyema, uku akabata paziso rekuruboshwe riye neruoko rwerudyi.

Pimai naMuchazondizonda vakatarisana zvekuzengurira kupindamo. Pimai ndiye akazoita chivindi ndokuti nyahwa nyahwa achinanga kuchitondo chiye. Akatanga kunanaira opinda machiri. Chakange chakati zvi-i nemiti yemikute yakange yakasvibira, chakakombwa zvekare neuswa, tsamvi netsombori. Akati bvokopfoko kufamba achicheuka cheuka kumativi ese nekutya. Akazoona mazai aye kuti ngwe-e nechekure. Akange akafukidzirwa zvakanakisisa. Semufudzi wemombe akange ajaira zvemasango, akaziva kuti shiri dzesango dzinovaka matendere pane zvinodzivirira kubva kune zvimwe zvipuka.

"Asi, hapangave nenyoka zvakare here pano?" Pimai akabvunza achitarisa tarisa kumativi ese.

"Kungotya hako Pimai. Dai pane nyoka, mazai acho akadyiwa kare. Chitochenjera mago chete." Muchazondizonda akashevedzera amire naZorodzai kunze kwemhundwa iye. Mashoko aMuchazondizonda akawedzera Pimai zvivindi ndokubva awedzera kutukumira kuti aswedere pedyo nemazai aye. Akange ofamba achiringa-ringa mudenga nemumhandi dzemiti. Sezvineiwo, akabva aona marumamombe ari zinini panhundu yainge yakakura kunge zinga reuchi. Akanzwa vhudzi rake kuti nyau nyau, muviri wake uchiti ndyu ndyu kutya. Chiraramiro chake chese akange asati amboona mago akakura kunge mazingizi kudaro. Rimwe igo rakati dau kubva panhundu iye ndokuti nzi-i nzi-i muchadenga. Akaritsoma pese parai bhururuka. Rakabva radzoka kundoti mha-a pane mamwe aro panhundu iye. Akange oti ziso kumazai aye, ziso kunhundu yemago.

"Wamaona here Pimai?" Muchazondizonda akabvunza.

Akange achiona Pimai akangoti dzororo kumira akavafuratira. Zorodzai naMuchazondizonda vakashamisika kuti seiko Pimai akange asiri kupindura. Pakamboita runyararo.

Muchazondizonda akati, "Asi waona mhakure kana chimwe chikara kani?"

Hapana mhinduro yakabva kuna Pimai. Ipapo Pimai akange akati dzvondo kunhundu iye yaive nemazirumamombe aidanuka danuka kunge zvikopokopo zvave kuda kubhururuka. Akazoti nyahwa nyahwa achibuda nenhendeshure kusvikira agutsikana kuti hapana igo rakange romuvinga. Akabva ati tenderu ndokumhanya achibuda muchitondo chiye. Akati dhugu achifemeruka.

117

"Maonei mukoma?" Zorodzai akabvunza.

Pimai achiti bamhama kuona kuzvimba kwaZorodzai paziso, akati pwati kumuseka.

Muchazondizonda akati, "Uri kusekeiko?"

Pimai akanongedza kuna Zorodzai ndokuti, "Arumwa!"

Akaita kugara pasi nekuseka.   Iye Zorodzai, nyakurumwa akatozoguma osekawo pamwe chete naMuchazondizonda. Vakange vonakidzwazve nekuseka kwaPimai kwaimuita sechigayo chedhiziri chichangobva kumutswa.   Muviri wake wese neutete hwavo waiita kudhirima kubva pachiuno kusvika kumusoro. Vaviri vakati kanha nazvo vachimuona oita zvekuumburuka chaiko naiko kuseka.   Akazoti anyarara, misodzi yati tapatapa kumeso, ndokuzodzikama.

"Vakomana, mudzotswa umo muzere mazai ehanga. Saka todini? Touyaka negwenya mangwana nechigaba tomavhaidza tomadyira kuno?" Pimai akabvunza.

"A, hazviite!   Ngatimatore tondomaisa pahuku iri kurarira kuti itsotsonye hanga."

"Kutsotsonya hanga! Chirudzii?" Zorodzai akabvunza.

"Ehe! Asi hauzvizivisu?" Muchazondizonda akabunzawo.

Zorodzai akadzungudza musoro.   Pimai naMuchazondizonda vakatarisana.

"Chiteerera unzwe. Tinobvisira huku iri kurarira mazai ayo toisira ehanga atinenge tatora apo. Huku inoramba ichirarira mazai aye ichifunga kuti ndeayo kusvikira atsotsonya." Muchazondizonda akatsanangura.

Pimai akabva atsinhira achiti, "Kana tunhiyo twehanga twakura, tinotuisira tsanga dzezviyo munzeve kuti twusanzwe kuchema kwedzimwe hanga dzemusango. Ndiko kuti tusatize pamusha. Wazvinzwisisa here?" Pimai akabvunza.

"Hongu mukoma!" Zorodzai akadaira.

Ziso rake rakanga ratopumhuka kuzvimba otoona neese.

"Vakomana ngatironge zvinofamba titevere mombe dzichiri pedyo. Pimai, usakanganwe chezuro nehope" Muchazondizonda akadaro.

Pimai akavhundutswa neyeuchidzo yezvamai Mukonowatsauka.

Akabva ati, "Saka tikakumba mazai acho tinomatakurira pai nemawandiro aakaita? Tadini kumatora mangwana tauya nepekutakurira?" Pimai akabvunza.

Muchazondizonda akamupindura achiti, "A, usapuse sezvinonzi wabva kudhorobha saZorodzai. Uri kutaura here kuti tingatadze kuruka dendere nerukwa naiko kuzara kwakaita uswa muno musango? Iwe chisvuura makavi ini ndichivaka dendere. Ngatikurumidze Bhandomu asati andopaza mapindu evaridzi." Muchazondizonda akaraira. Vakomana vakaita chipatapata ndokugadzira zidendere ziguru.

Pimai akati chokoto-chokoto kupinda muchitondo chiye. Akazoti nyahwa nyahwa osvika paive nemazai, uku akatarira panhundu yemarumamombe aye. Dendere remazai racho rakange riri mugomba rakahwanzwa neuswa hurefu nemajokocho. Mazai acho akange akatisiyanei neehuku. Iwo aive akaita kunge musoro wenyere yepfuti. Pimai akatanga kunhonga mazai aye achiti akati nonge zai rimwe oti cheu kunhundu yemago iye. Akatora chinguva chakati kuti kusvikira dendere raive padivi pake rati pamupamu, iro gomba raive nemazai ndokusara rati tsvai.

Akanzwa hanga dzoti ke-e ke-e kumhara pachitondo chiye dzichibva kwadzakange dzavhundutswa nezvikara. Imwe tseketsa yehanga yakatanga kukekeredza tsuri yeruzha uku yakasusumidza diti zvekukoka hasha dzemachongwe ayo apo yakaona Pimai ari pamazai ayo.

'Gara zviye baba vakati hanga inobatwa nemauruko mana. Hanga nemhou ishiri dzinorwisa chipi zvacho chinonanaira kumazai adzo. Pari zvino mudzimu wadambura mbereko.' Pimai akataurira mumwoyo.

Akati simu ndokuti bvochopfocho kuedza kutiza akatakura dendere remazai riye. Hanga dziye dzakange dzatopinda muchitondo chiye dzongoti bhururu bhururu machongwe adzo achimudzomha-dzomha dzichirwira mazai aye. Nekubhururuka pamwe chete neruzha rwadzo, zvakabva zvadenha marumamombe aye. Ese akati nzi-i nzi-i ndiye sona sona naPimai. Mago acho aiita seakapangana nehanga. Aingoruma Pimai chete pasina kana rimwe raimborumawo misvuu yemitsipa yehanga dziye. Zvaiti uku ari kuruma mumusoro, nzeve, maziso, muhuro, pamuromo nepese zvapo pakange pasina kudzivirirwa nembatya, Pimai obva ashaya kuti ozvidzivirira papi chaipo.

"Mhayiyo-o! Yowe-e mhayi kani!" Pimai akamhanya achibuda muchitondo chiye, uku mago achimubvunza mutupo nekupotsera mborera munyama yake semajekiseni. Mukomana akarwadzirwa zvaipisa tsitsi. Haana kana kuzombozonzwa minzwa yemibayamhondoro yakange ichiti dyu dyu mutsoka dzake dzakange dzisina shangu. Akapotsera dendere riye kwakadaro uko oita rutsoka ndibereke achingomhanya muminzwa nemumasoso imomo. Mazai ese akati pwati pwati kuputsika zvokusiya ati muto wavo name name mumiti nepasi zvaisemesa. Pimai akati gudhu kubuda muchitondo chiye.

Zorodzai naMuchazondizonda vachiona Pimai akanin'inirwa nemarumamombe aye vakabva vati bara kutiza. Pimai akazopona nekuzviumburudzira pasi. Mago aye akasara achingoti nzi-i nzi-i mudenga achitsvaga mhandu yavo. Akazoti pave paye, ndokubhururuka odzoka kunhundu iye. Mwanakomana akange asingachazivi kuti oteerera marwadzo api, mago here, eminzwa here, kana kuti ekumaranzurwa nehanga. Akachiona chemusi uyu Pimai.

Akange achiyuwira aripo pasi achishaya kuti obata papi chaipo. Musoro wake nekumeso kwakange kwatoti tututu kuzvimba. Muchazondizonda akazodzoka paari ndokumuzora pese pakange pakazvimba muto wemashizha wemususu waakange atsukuta-tsukuta mumaoko ake. Zorodzai akazonge amira padivi angopusararawo nazvo. Kumeso kwaPimai kwakange kwachiti n'ani n'ani nekuzvimba, musoro woita sebhora rapomberwa mweya wakawandisa. Akange ogomera arerepo pasi, minzwa ichivhuta mutsoka dzake, mborera dzemarumamombe dzichimunyn'a-munyn'a kumeso kwake. Muchazondizonda akaedza nepese paaikwanisa kubatsira munin'ina wake achingotuma tuma Zorodzai kuti amutambidze icho neicho. Vakomana vakapinda bishi kutumbura mumwe wavo minzwa yakange yakati pfeke pfeke mutsoka dzake. Pimai akange achishinyira apo vamwe vake vakange vachiti ju ju kutumbura minzwa yainge yakati zvi-i pasi petsoka dzake dzakange dzati piriviri nekujuja ropa.

'Izvi hazvidive pamurau yeutano kubata ropa usina kupfeka magirovhosi.' Zorodzai akadaro nechemumwoyo. Akange achitumbura tsoka yaPimai rekuruboshwe achichenjerera kuti asabate ropa. Uyuwo Muchazondizonda akange achiita zvechimbichimbi achitumbura tsoka yekurudyi. Pimai akange akatambarara achimboti nyamu musana apo neapo kana anyanya kurwadzirwa nekutumburwa kuye.

"Usatete kutumburwa Pimai. Shinga semurume." Muchazondizonda akamushingisa.

Vakomana vakanzwa kuti ngende ngende ngende kwedare rakange rakasungirirwa panaBhandomu. Mhoo! Bhandomu chakabowa chichisvotwa nekutinhwa. Pimai akati cheu ndokuona mai Mukonowatsauka vachitevera mushure maBhandomu vakabata chihwepu.

Mai Mukonowatsauka waive gadzi raiti dindinya-dindinya muviri kana rofamba. Vakange vari shirikadzi mushure mekunge murume wavo atsakatira mumafashamu e*Cyclone Idai* kuChimanimani.

Hana yaPimai yakati bha-a ndokubva ati vhurumuku setsuro, ndokutiza zvisina kana kugamhina. Vakomana vese vakaita murambamhuru vachiti aziva kwake aziva kwake. Pimai naMuchazondizonda ndivo vakaziva kwazvakange zvakananga, asi baba vaNhiya wangu, Zorodzai chakange chiri chiutsi chega chega asingazive kuti vaitizei, uye kuti vakange vaigochera pautsi sekuraura munaChirikuutsi.

Vakomana vakazosangana nechekumberi kwekwavakange vatizira vese.

"Ha-a, nyamusi chineni! Ndinokungura zuva randakabarwa chete. Nechatabura pakuda kutora mazai ehanga acho hapana, apa tapara mhosva. Tinozvitaura takamira paiko nyamusi? Hezvo-o, mai Mukonowatsauka wotokwidza vabereki vedu kudare rashe. Kuripiswa kwashe kunoti kurwadza, kugoti kunyadzisa zvakare. Zvisinei tochingotamba iri kurira. Vakomana endai zvenyu kumba, ini handikwanisi kuzopindura mibvunzo yakatimirira ikoko. Aiwa kwete!" Pimai akadaro apo vatatu ava vakazonge vasangana.

"Kwetezve nhai mwana wamhayi, mhosva inoenda pavanhu yoripwa. Pedzezvo, ndimaiguru veduka vaye. Handei tinozvipereka tega totaura mhosva dzedu. Chinouya chinoona ini, ndini mukuru venyu mese." Muchazondizonda akadaro.

"I-i mhosva hadzidi mbiri mukoma. Posi haarwiwi, piri harwiwi, asi tatu anenge oita semaone. Ndakatsuurwa kare nemhosva dzekudyisa minda. Zvangu zvanyanya vakomana." Pimai akataura achibvunda nechando iro zuva rakacheka nyika. Aitora mhosva iyi kuita yake nekuti ndiye aive nedzoro.

"Ndinoona sekuti maiguru nababamukuru vanonzwisisa ini. Tikavakumbira ruregerero takazvininipisa zvinodzora kutsamwa kwavo. Mhinduro nyoro inopodza kutsamwa mukoma. Handei kumba titangire mai Mukonowatsauka vaye. Kana vakazosvika tazvirevera, vabereki vedu vanenge vagadzirira mhinduro." Akadaro Zorodzai. Vakomana vakabvumirana ndokuti tande nenzira.

Vakomana vachisvika kurushanga rwemusha vakamboita kadare kavo.

"Imi mukoma Pimai chisvikai pamba mega. Apo baba namai vachakuona makazvimba, vachabatikana neupenyu hwemunhu kupfuura muriwo wadyiwa kubindu. Handizvo here nhai vakoma?" Zorodzai akadzomotodza.

"Apa wazofungawo rwendo rwuno." Pimai akabvumira.

Vakomana vakaita sekuronga kwavo. Pimai akati pindikiti mumukova ndokuita mahwekwe naMafundufuwa akange avinga baba vake. Mafundufuwa uye akafunga kuti Pimai azvandakatswa namai Mukonowatsauka.

Mafundufuwa achipedza kumhoresa SaHazvi akati, "A, saka maiguru vatoisa mutemo mumaoko avo karezve kana mwana asvika

124

pakunzwai? Zvisinei, mukoma Handi waturikirwa nyaya kudare namaiguru Mukonowatsauka. Zvanzi nasabhuku svikai kuno nembudzi yedare maringe nekudyiowa kwaitwa bindu raMukonowatsauka nemajaya enyu." Mafundufuwa akasuma mhosva.

"Mafuta engosi!" SaHazvi vakadaira. Vakazoti, "Asizve nhai babamudiki! Ko, ini munoda mbudzi yangu yedare, ko, iyewo ada kuuraya mwana wangu zvekumuzvimbisa kumeso nemusoro kudai munoti imhosva diki here? Chinotanga chii kuranga nekutonga?" SaHazvi vakabvunza nehasha. Vaiti vakatarisa Pimai vonzwa hana yavo kuti bha-a nekuvhunduka. Pimai wacho akange achivaonera nechekure nekuda kwekuzvimba kwemaziso akange anyura nyangwe netsiyo.

Pimai akati nzve-e ndokusiya Mafundufuwa nababa vake vachizuva nezvemhosva iye, ndokuti pesverere neberere. Akadzoka kuvamwe vake.

Chitsauko 10

Muchazondizonda naZorodzai vakange vamire kudurunhuru kwemusha vakamirira kuona Pimai ovashevedza kana kuti kutumirwa mumwe mwana kuzovashevedza. Vakazoshamisika kuona Pimai achiuya ari chamupupuri kumhanya akananga kwavaive vari. Vakomana vakange vakagadzirira kuita rutsoka ndibereke.

Pimai akasvika achifemeruka ndokuti, "Vakomana! Chokwadi Mwari nevadzimu variko. Nyaya yedu yazvitonga yega."

Muchazondizonda akamudzora achiti, "Dzikama utaure nyaya zvakanaka. Tinonzwa chii zvino kana uchiita matauriro akadaro?"

Pimai akati befu ture ndokuzoenderera mberi achiti, "Vakomana, nyaya yedu yatokwidza mutarara. Mai Mukonowatsauka watomhan'ara nyaya yese kwasabhuku. Ndatoita mahwekwe naMafundufuwa. Asi, tine pekupoya napo."

Muchazondizonda naZoro vakatarisana, ndokuti dzvondo kuna Pimai. Vese vakabvunza pamwe chete vachiti, "Chirudzii?"

"A, baba naMafundufuwa vatofunga kuti kuzvimba kwandakaita uku ndarohwa namai Mukonowatsauka. Zvanakirezvo kuti hapana ambondibvunza mufunge."

"Saka?" Zorodzai akabvunza.

"A, iwe! Hausi kuona here mukana wekunenedzera maiguru Mukonowatsauka ivavo kuti wapara mhosva yekukuvadza munhu kudai? Mhosva dzinobva dzangovharanaka. Baba vanofanira kukwidzawo yekuroverwa mwana wavo kunge nyoka yapinda mumba kudai."

"A, asi havana zvavambotiitaka maiguru ivavo. Saka haisi mhosva here kunyepera munhu zvaasina kuita? Ini ndinotya zvangu kureva nhema. Manyepo chivi, uye chivi chinodya mwene wacho."

"Ha-a iwe! Saka chidzoka kudhorobha kwenyu kunoda zvekupusa kudaro." Pimai akapopota.

"Ndine urombo mukoma" Zorodzai akatsikitsira.

Pimai naMuchazondizonda vakabika zano nekuriruka segudza, ndokutoudzana zvekutaura. Vakomana vakabva vaita dungwe kuenda kumba.

Vakomana vakasvika pamba ndokuudzwa namhayiyo wavo kuti SaHazvi vakange vaenda kumafuro kundotinha mombe kuti vadzivharire. Kandumure kaive pamba kakavaudza kuti SaHazvi vakange vati vaityira kuwedzera kudyiwa kwemamwe mapindu nemombe idzodzo, asi vakange varaira kuti ivo vakomana ava vatungamire kwasabhuku. Vakomana vakabva vaita saizvozvo, "Kutanga rini kuti dare rinogarwa musi waparwa mhosva. Aya ndivo manenji padunhu" Muchazondizonda akadaro.

Vakomana vakamirira baba vavo pamharadzano yekuenda padare pasabhuku. Kwechinguva baba vavo vakabva vati vhu-u. Vakambovhunduka apo vakavaona meso avo akati piriviri nehasha.

Vakange vongoita mahati mahati ekusagona kutaura nekushatirwa. Vakomana vakatsikitsira ndokuti favava sehuku dzanaiwa.

"Munozviitireiko?" SaHazvi vakabvunza. Hapana akaita zvivindi zvokupindura. Vakaenderera mberi nekubvunza, "Marohwa muri vangani?"

"Tese!" Pimai naMuchazondizonda vakadairirana.

"Zvambofamba sei?" Baba vakabvunzazve.

Vakomana vakaramba vakati tuzu. Pave paye Muchazondizonda ndiye akazoti, "Chatanga kurohwa kwedu tisina mhosva. Zvanzi vabereki venyu vanoonererwa nekupfuya mombe dzakawandisa mudunhu rino. Hameno zvedivisi zvavange vachitaura. Vatidzingirira vachitishwapura neshamhu ine tsarapu." Muchazondizonda akataura achiita kubvundirira kuti zvibvumike.

"Ichokwadi ichocho Saunyama. Ini ndazodonha ndapingwa neuswa hwange hwakasungwa nevajana. Maiguru ivavo vabva vandigarira ndokunditsonda kumeso nemusoro wese uyu. Ndapotsa ndafa kani baba. Hii! Hii! Hii!" Pimai akahwihwidza.

Murume mukuru akabumbirwa nehasha achitarira kamutondore ake akazvimba kumeso zvakaipa kudaro. Vakomana vanonwe ava havana kuzotora nguva ndokundoti pindikiti padare pasabhuku vakatungamidzana.

Vadare vakange vakagara padare pasabhuku. Madzimai aive kune rimwe divi, varume vari kune rimwewo. Sabhuku vakange vakagara nemakurukota avo ivo vari pakati pematvi maviri aye. Mai Mukonowatsauka vakange vakagara nechepamberi pedare vachitutuma nehasha dzekunonoka kuuya kwemusungwa padare. Vadare nasabhuku vakashamisika kuona SaHazvi vachiti pindikiti padare vari zvavo tori tori vasina nyangwe kambudzi kaiti me-e.

"Ko, nhai iwe Handi, unozviita aniko anongoti pfocho padare usina tambo yaunozvuzvurudza nechirigo chedare? Ko, mbudzi yedare iripi?" Mafundufuwa akabvunza.

SaHazvi vakaramba vanyerere ndokundoti gwada vakachonjomara nechepadivi pamai Mukonowatsauka. Vedare vakaona kuti painge paita zvenyaya nemukuru uyu. Bu bu bu! SaHazvi vakaombera.

Vakati, "Dzenyama Chirombowe!"

"Kweduno!" Sabhuku vakapindura.

SaHazvi vakabva vagara pasi ndokuti dzwi-i sevamwe. Sabhuku vakatarisana naMafundufuwa akange akagara padivi pavo.

Mafundufuwa akasimuka ndokuti, "Nhai iwe Handi naMukonowatsauka, sei muchida kuita zvedambe nedare rino? Mbudzi yedare iripi?"

"Changamire vangu, humbowo ndihwohwu hwamunongoonawo. Iwe Pimai simuka dare rikuone." SaHazvi vakadaro.

Pimai akati dzi pamberi pedare. Meso ake akange asingaoneki zvekuti vadare vaitoshaya kuti sei akange achifamba asina kubatwa maoko sebofu. Dare rakazadzwa netsitsi. SaHazvi vakati, "Kuitawo here uku nhai Changamire? Kuchiri kuranga mwana here uku?

129

Bindu remuriwo iroro nehupenyu hwaparadzwa uhu, chikuru chii? Kuzoti dai asiri wehukama, aipona here mwana uyu?" SaHazvi vakabva vagara pasi.

Padare pakatanga kuita zhowe zhowe vanhu vachiswedera pane vamwe vachizevezerana pamatongero avo. Kugarisana vakataramuka kwavakange vamboitwa naMafundufuwa kwakaganurwa semagwere agaiswa kuita upfu.

"Ngatiite dare rimwe chete!" Mafundufuwa akashevedzera.

"Changamire vangu, kana muchiri kutonga pamatongero enyu atinoziva manakiro awo, rangarirai kuti ndini mumhan'ari. Saka nyamusi idare rudzii ratinaro rokuti musungwa ndiye anopihwa mukana wekutanga kuti bwedere bwedere kutaura?" Mai Mukonowatsauka vakadzora dare.

Vanhu vakatangazve kutaura-taura zvakakonzeresa ruzha. Vaye vange vakachataramuka vakabva vatiwo kwati kwati vozevezerana nevamwe. Mamasiki avakange vagoverwa akange achinzi koche muhuro, mamwe ari pamhanza. Mafundufuwa akasimuka. Ruzha rwuye rwakabva rwati gwa-a, dare ndokuita runyararo.

"She vangu, Mukonowatsauka ndiye atanga kusvika pano semumhan'ari ndikateerera nyaya yake. Ndazondoudza iyeyu Handi kuti ave musungwa, uye anofanira kuuya nembudzi yedare. Zviri kutondishamisa kuti rushoro rwakadini kuuya zvake achiti peya peya seanomaira mariva ake, nepo ari kuuya kudare. Pamutemo wetsika dzedu dzeChiManyika, mumhan'arirwi anouya nechirigo chedare, kana azoonekwa asina mhosva ozoripwa nemumhan'ari. Kwete mashura atiri kuona pano aya. Kuti dare rienderere mberi tinoda mbudzi inoti me e pano."

"Ndizvo-o!" Mhomho yakashevedzera.

"Ndazvinzwa! Ndazvinzwa!" SaHazvi vakashevedzera.

Mudzimai waSaHazvi akabva akati sumu. Dare rakazviona kuti mai ava vakange voenda kundogadzirira zvipande zvemhuri yavo. Dare rakasimudzira nyaya.

Mafundufuwa akasimuka ndokuti, "Iwe Handi wapisira dare. Wataura nhuna dzako dare risati rakupa mvumo sei? Unofanira kuripa nejongwe."

Njiririri riri riri! Njiririri riri riri! Njiririri riri riri! Mai Mukonowatsauka vakaridza mupururu wakazogamwa nemamwe madzimai mhururu ndokuti kovo mudenga.

Mafundufuwa akati, "Mukonowatsauka tsetsenura nyaya yako dare rizvinzwire. Ini ndingareva nepasipo."

Mai Mukonowatsauka vakati simu ndiye twasu.

Vakati, "Pamusoroi makurukota ese! Pamusoroi vadare vedu! Pamusoroi vanababa nanamhayi mese muri pano!"

Vakabva vatanga kuhwihwidza neshungu. Vanhu vakanga vakati zii vakateya nzeve vachida kunzwa musoro wenyaya. Kudembedzeka kwamai ava kwakakotsva tsitsi kumhomho.

Mafundufuwa akati, "Nhai iwe mukadzi iwe, kuyema ndekweiko padare pano iwe uri mukadzi mukuru?'

Mai Mukonowatsauka vakabva vati zi-i vongoti pfiku pfiku kuchema.

Vakati, "Changamire vangu, munoziva imi kuti ini ndiri shirikadzi isina muriritiri. Zvino kana vanhu vachindidadira nepfuma yavo vachiti takarasima kufudzira mombe dzavo mukadoro kangu ndizvowo here? Posi ndakanyarara, piri ndikanyararazve ndichiti posi nepiri hadzirwiwi. Zvino ndanetawo nazvo, nemhosva yei ndazoturika nyaya yangu kudare rino. Nditongereiwo nyaya yangu zvisina rupfumbato, ndapota!"

"Izvo-o!" Machinda asabhuku akanyunyuta.

Machinda ese akange vachinzwa kwave kumhurwa nekupomerwa kwavo huori. Mai Mukonowatsauka vakabva vagara pasi.

Mafundufuwa akati, "Iwe Mukonowatsauka! Inga ndajekesa kuti tsetsenura nyaya, iwe ndopowoti hako dimikira dzi. Zvino tinotonga chii ipapa? Udza dare zvizere kuti chii chaitika."

Mai Mukonowatsauka vakati sumu zvekare ndokuti dzororo vakati tuzu kutarisa vadare.

"Ari kutofunga zvekudzomotoka ipapa. Mubatisise mashoko ake. Chembere iyoyi haibviri kukanga manzwi. Nyamusi muchanzwirira chete. Inoda kutaurei ihwo humbowo isina?" SaHazvi vakaendera mai vaye mberi?

"Iwe Handi, haukudzi dare wakaita sei? Ukaita zvedambe nyamusi unovhara chikwere nekuripa. Wapisirazve dare, nderimwe jongwe iroro." Mafundufuwa akashevedzera. SaHazvi vakabva vati toshororo. Mai Mukonowatsauka vakazopihwa mukana wokutaura zvavaiziva.

"Pamusoroi zvekare vadare! Ini ndange ndisina pfungwa dzokukonana naHandi uyu, asi kundimhura kwooita achinditi ndinonyepa kunondifurutsa. Chokwadi mukadzi mukuru akaita seni ndingakwirira munhu dare raMhukahuru nhema here ini? Zvinoreva here kuti shirikadzi haina kodzero pasi rino? Hwii! Hwii! Hwii!" Mai Mukonowatsauka vakaenda pachiriro sevakange wafirwa. Pakaita musanganiswa wezvakapinda mupfungwa nemwoyo wemhomho yepadare. Vamwe vainzwa vachipedzerwa nguva, vamwe vachivanzwira tsitsi.

"Saka mavingei?" Mafundufuwa akabvunza.

"Ndauya kuzoti dare rimuyambire azive kuti vari pasi vari kuzviona zvaari kundiita izvi. Shirikadzi munhuwo sevamwe vanhu."

"Saka zvinoda dare rashe here izvozvo?" Pane akashevedzera kubva mumhomho yaive padare.

"Eho, ndazvinzwa! Ko, mwana wangu wawazvandakatsa kunge nyoka yapinda mumba?" SaHazvi vakabvunza vakagara pavainge vari.

Mafundufuwa akati, "Iwe Handi une nharo nhai? Heya, uri kunyinda kuti chirugu chakazara nehuku nhai. Wapisira dare. Dare rinodazve rimwe jongwe retatu kubva kwauri."

SaHazvi vakavhunduka vachinzwa mutongo uyu. Vakabva vati zi-i vakatsikitsira.

'I-ii, kusazvidzora kunoparira! Ko, zvondotopedzera machongwe angu pano. Handichaitizve kuti bufu. Ndapfidza.' SaHazvi vakataurira mumwoyo.

Mafundufuwa akatarira kuna mai Mukonowatsauka ndokuti, "Iwe, ndave kukupa mukana wekugumisira kuti utsanangure nyaya yako zvisina ukoni. Kukoniwa kwako kutaura zvisvinu unenge wadyiwa nemhosva padare. Usapedzere dare nguva nekutsauka-tsauka kubva pamuzongozozo wenyaya".

Mai Mukonowatsauka wakatura befu ndokutsetsenura vachiti, "Changamire vangu, Bhandomu yavo babamudiki ava yapazazve rushanga rwedoro rangu ikati kazhu kazhu kuhya muriwo wese, mabhanana neipwa dzangu. Hapana kana chimwe chasaramo nhai henyu imi. Zvino munoti shirikadzi inoraramawo nei?"

"Zvakwana!" Mafundufuwa akashevedzera. Akazobvunza achiti, "Mune umbowo here nezvamataura?"

"Humbowo hwei? Asingazive kuti Handi iyeyu akadirira mombe yake ngozi ndiani? Handiti gore rapera ndakada kuidzinga ndaisvikira mudoro rangu ikandikurura nhumbi nenyanga zvekundisiya ndave mushwi? Dai ndisina kutungamirirwa nevadzimu vangu, handiti ndingadai ndakaferenyurwa pazamu apa. Ngaauraye mombe yake yaakadirira ngozi dzemusha vake dzinotadzisa mukadzi wake kuzvara vakunda."

"Hezvo-o! Pfocho pfocho musango! Tonzwa zvipi manje." Dare rakagunun'una.

"Muri kumunyarariraka ndichimhurwa? Kana ndotaura ini, moti ndapisira. Heya, uyu haanzi apisira nekuti ane chirerashirikadzi chake pano padare? Hazvina hazvo mhosva, ndakanyarara hangu." SaHazvi vakanyunyutira pasi.

Sezvineiwo, Mafundufuwa akanzwa runyunyuto rwuye ndokudzivira nzeve dzake. Akabva asimudza SaHazvi.

"Yave nguva yako yekuzvichenura pamarevo abuda pano Hazvi. Unoti chii nemombe yako inonzi yarura nekupaza bindu ramai ava?" Gurukota rakabvunza.

"Changamire vangu ndinotenda! Ini handina chekutaura. Humbowo huri pachena. Mazvionera mega nyama yake iyo iripo iyo. Chasara kuti achiidya. Chakosha chii munhu nemuriwo? Heya, ati zvaadyirwa zvemukadoro kake ochidya wangu mupenyu? Hazvina hazvo mhosva, regai nyakupondwa azvitaurire ega." SaHazvi vakananira kumwana vavo Pimai kuti asimuke.

Pimai achingoti simu vanhu vese vakazara nehasha. Kumeso kwaPimai kwakange kwati tututu kuvedzera kuzvimba. Musoro wake waiita seuchaputika nekun'anikira.

SaHazvi vakati, "Dedenura nyaya yako mwanangu dare rinzwe. Ndokunge uchiri kugona kutaura kwacho."

Pimai akadzungudza musoro. Muchazondizonda akabva ati nyamu ndokuombera dare.

Bu bu bu! "Pamusoroi vadare mese! Regai ndibatsire munin'ina wangu kutaura. Zvafamba nemutowo uyu; tange tichifudza mombe zvakanakanaka hedu. Tazongoona maiguru ava votitandanisa vakaurudza demo mudenga. Tambofunga kuti zvimwe vawe mupakatsine kana kuti varasa njere. Ini ndange ndichimhanya ndichikuza vanin'ina vangu kuti vakande rutsoka ndichityira upenyu hwavo. Hameno kuti Mwari nevadzimu vatibvira nepi. Maiguru ava vazopingwa neuswa hwakasungwa kare nevajana kumafuro demo ravo ndokubva rati gwengwendere kwakadaro uko. Vachisimuka vabva wati tsoma tsoma naPimai, ipapo ini ndange ndomhanyisa ndakabata chikomana ichi chakabva kudhorobha, Zoro." Muchazondizonda akamboti zi-i akatarisa mudenga achiita seaiona zvakange zvaitika. Akati dzungu dzungu musoro. Mashoko ake akange achityisa zvese nekunzwisa tsitsi. Vanhu vakange vosomanidza mashoko nekuzvimba kumeso kwaPimai. Nyangwe mai Mukonowatsauka vakange voona kurasika kwedivi ravo netsitsi dzakange dzagara mumeso emhomho yevadare.

Mafundufuwa akabvunza achiti, "Uchine chimwe chekurevazve here chikomana?" "Kuzvimba kwamunoona uku kwakaita mwanakomana vababa vangu, ndivo maiguru ava vanoita sevasina ura. Zvinoitawo here kuti mwana adonha pasi ivo vomugara matundundu sevanorezvana nemuramu wavo? Dai tisina kuzovazvuva, zvimwe tingadai tisiri padare rino, asi kuti pamariro aPimai chaivo. Maihwe-e kani! Mhayi makandiberekereiko ini!" Muchazondizonda akatsura manenji emhere seave kupenga. Apa

136

akange otevedzera kuchema kwakange kwamboitwa namai Mukonowatsauka.

Sabhuku vakasimudza tsvimbo yavo dare rese ndokuti zi-i.

"Ko, nhai machinda angu, sei masanganisa umbowo nekuzvidzivirira kwemumhan'arirwi. Hamuoni here kuti nyaya yenyu iyi muri kuitumbura nepadivi. Saka ipapa ndikati mutsetsenuri wedare arondedzera musoro wenyaya kusvika patave anoti chii? Nyangwe mutsinhiri wemandiriri angaigona here iyi isinganzwisisike kuti kumusoro kana kumakumbo kwayo ndekupi? Musakanganwe chirevo chamborehwa pano kuti vari pasi vanoona. Ehunde magonakutaurapadare anorasa nyaya, uyuwo mashaishakutaurapadare achitsiga mhosva, asi musakanganwe kuti vari pasi nevari dzauru vanoona." Sabhuku vakabva vati mate kudyu apo vakapedza kutaura.

Vanhu vese vakaramba vakati zi-i. Padare pakaita sepafiwa.

Sabhuku vakazoti, "Patsika dzedu tinotonga nyaya nezuva rimwe chete. Hatiite matare maviri sekumatare eChiNgezi uko. Zvino zuva zvorodoka ava vachiti haivhiyivi mumwe achiti inovhiyiva, tochiita zvipi? Ko, iye Gonzomhini aripi atitsvagire chokwadi chiri pachena. Tinozvinetsereiko isu tine masvikiro nen'anga dzedu."

"Ndiri pano mhukahuru!" N'anga, Gonzomhini akadaira

"Bata basa iwe dare riganurwe."

"Ese machena Changamire vangu!"

Gonzomhini raive rume rakati tsvikiti kusvika. Raive reimwe imba imo mumushsa wekwaShanzi. Rakati nyamu ndiye tsenhu tsenhu kupota kuseri kwechitombo chaive kumashure kwevadare. Pasina nguva refu rakadzoka razvishongedza nengundu nhema yaive yakati bvirindindi minungu, minhenga yemhou pamwe chete neyehanga. Rakange rakamonera machira matema. Muhuro maro makange muine muswe wenyati wakatunhukidzana nechuma chaive chakati piriviri kutsvuka chakasanganiswa nechakati ngwe-e kuchena semwedzi muchena.

Gonzomhini rakadzoka padare richiimba,

Ho haa hiye horendendere !

Chitokwadzimba naNhokwara vakarambana,

Kwami ndokutizisa Chitokwadzimba,

Chitokwadzimba ndokuita Chirume murume.

Ho haa hiye horendenderae!

Rakati dzi kadengu kadikidiki kainge kaine kamudzi kamwe imomo. Kamudzi kaye kainge kakati hako kwaa kuoma. Kamutundu aka kainzi Zvipange.

Rakazoti, "Vazukuru! Pano hatichada zvedambe. Zvipange wamunoona pano uyu ndiwo unonzi mutundu paChiManyika. Igona remabvi. Kana uchireva chokwadi unogona kurisimudza.

Kana uchinyepa haugoni kumusimudza Zvipange, zvisinei kuti iduku zvakadai. Handei tione vazukuru!"

Mai Mukonowatsauka havana kufarira hurongwa hwasabhuku naGonzomhini.

"Changamire vangu! Ini ndiri wechitendero cheChiKristu zvamunoziva mese pano. Handigoni kusanganisa chitendero changu nechechivanhu!" Mai Mukonowatsauka vakashevedzera vakagara.

"Izvo-o!" Mhomho yakakanuka.

"Mazvionaka zvandamboreva! Kundikwirira kudare manyepo." SaHazvi vakati sumu vachitaura.

Padare pakamboita ruzha. Muchazondizonda naPimai vakatarisana. Hana dzavo dzakange dzotingura sengoma.

"Ngavasimudzwe! Ngavasimudzwe! Ngavasimudzwe!" Mhomho yakaita chiga sepamusangano vezvematongerwo enyika.

Meso amai Mukonowatsauka akazara kuti fashu nenyadzi. Nyangwe mamwe madzimai ekuchina kwavo akange achitoshevedzerawo. Sabhuku vakange vari zvavo zi-i vakagara muchigaro vachironda mafambiro aiita nyaya iyi.

"Musanzwa! Musanzwa zvenyu imi! Musanzwa manyepo!" Mai Mukonowatsauka vakange voshevedzera, asi chikumbiro chavo chaindoti pitipiti muruzha rwedare.

Mafundufuwa akakoka Mai Mukonowatsauka, Pimai, Muchazondizonda naZoro kuti vamire pedyo negona riye.

"Iwe, simudza tione sekuru vakatarisa!" Mafundufuwa akaraira SaHazvi.

SaHazvi vakati nhano imwe ndokuti nyamu kamutundu kaye. Vakabva vakasimudza kupfuura mapfudzi avo kuti vanhu vese vaone. Mhomho yakati kwaa kwaa kwaa kuombera maoko. SaHazvi vakati tsve-e Zvipange pasi ndokususumidza diti vachidzoka pamutsetse pavaimbonge vakamira nevamwe vavo.

"Nyamusi mai iyi inondiripa zvakapetwa runa. Kuda kundiuraira mwana wangu inini." SaHazvi vakazvitutumadza.

Mai Mukonowatsauka vakaramba vakati dzvondo kugona riye. Vakamboda kuisa munamato, asi rutendo rwavo rwakasuduruka.

'Asi, kuti ndingatadze kusimudza kanhu kakadaroko kuti zvaita sei nemhumhu wangu uno? Ko, zvechivanhu zvikandikunda pano ndinoripa nei? Ndikadyiwa nemhosva ndinenge ndonzi ndidzore mbudzi yedare kuna iye Handi uyuka? Dai mukadzi vake asina zvake kundoitora. Mwari wangu muripiko? Midzimu yangu muripiko? Ndisunungureiwo!' Mai Mukonowatsauka vakataurira mumwoyo.

"Ambuya, simudzai tione!" Gonzomhini rakaraira.

Mai Mukonowatsauka vakatsikatsika. Mhomho yakatangazve kuita zhowe zhowe rekushevedzera nekuvasvoveredza.

Sabhuku vakati, "Vapei nguva. Remekedzai kodzero dzavo. Chimbopai mumwe wavo mukana."

Godobori rakabata Zorodzai pabendekete ndokuti, "Chikomana simudza tione!" Zorodzai akavhunduka. Paakatarisa kamutundu kaye akabva angoti nechemumwoyo, 'Aka chete!' Akati nhanho imwe danhu, ndiye nyamu kagona kaye. Mhomho yakaombererazve. Vese vakaona kuti mhosva yakange yovira kushirikadzi iye. Mhomho yese yakange yachiti dzvamu ichida kuzvionera. Vadare vapfupi vakange vobatana nacho chekudadamira kuti vaonewo. Vasati vambonzi vatore chinhano chavo, mai Mukonowatsauka vakati nesimba ravo rese dzi kumira ndokuti nyamu kusimudza kamutundu kaye mudenga zvakashamisa mhomho yese. Nyangwe ivo vacho vakatoshamawo nazvo. Vakaramba vakarisimudza vachitaridza vanhu vakange vari kumativi ese. Gonzomhini rakati atsama muromo rototya kuti zvimwe gona raro harichina simba. Rakange roshama kuti sei mumhan'ari nemumhan'arirwi vakange vaita vese zvakafanana. Chakange chasara kuzadziswa kwazvo kuti gona iri rakange risisina chibatsiro padare apa.

Pimai naMuchazondizonda vakatarisana, ndokuti cheu kugona. Hana dzavo dzakarovera mumaoko.

Mafundufuwa akati, "Iwe chikomana chiuya tione. Tozogumisira neuyu wemazvimbiswa."

Muchazondizonda akakoka simba rake rese sezvinonzi aida kusimudza njanji. Akati danhu kufamba nhano imwe chete.

141

Akakotamira ndiye dzvi kubata kamubato kemutundu uye. Akada kuti ati nyamu sezvakange zvaitwa nevamwe vaye vese, kamutundu kakati munonyepa vashe. Mukomana akati i-i kudzinda achiita seachakadzipura pamwe chete nenyika.

"A !" Mhomho yakashama.

Gonzomhini rakanyemwerera pamwe chete namai Mukonowatsauka. Sabhuku vakange vachigutsurirana nemachinda avo. Muchazondizonda akaita kuti dzvi hota yekamupakato kekamutundu kaye achiita seaida kudzura hoko yakaroverwa pasi nehofori, asi zvakakona n'anga murapwa achida. Pimai achiona shura iri, akati vhundukutu ndokutanga kumhanya achichekerera nemumadhunduru emunda. Muchazondizonda akabva ati nerumwe rutivi povo ndiye rutsoka ndibereke. Zvitsitsinho zvevakomana ava zvakange zvotsvoda makotsi avo. Varume vechidiki vakange vari padare vakavatsoma kusvikira vavati dzvi. Vakazouyiwa navo padare, asi Zorodzai akange atozevezera kuna babamukuru vake chokwadi chese.

SaHazvi vakashaya pekupinda nekunyara. Muviri wavo wakabvunda nehasha. Pimai naMuchazondizonda vakange vasungwa mbiradzakondo, vongoti boi boi maziso, uyuwo Pimai meso achiita kunge zidikiti nekuda kwekuzvimba.

Bu Bu Bu! SaHazvi vakaombera.

"Pamusoroi Changamire vangu! Handina chekutaura zvakare kwanyamusi. Mashoko angu makuru ndeekuti vakuru vanoti kana wazvara sekera mudende. Mugoni wepwere ndeasinayo. Ane benzi ndeane rake, kudzana anopururudza. Ndinoti kudare evo evo, yapota ngeno. Ndine urombo kuna maiguru Mukonowatsauka. Kutadza kuri muvanhu mhayiyo woye-e! Handichamirira kuripiswa sezvinonzi handina pfungwa dzinoshanda. Ndicharipa machongwe matatu adomwa pano padare, mbudzi yedare pamwe chete nemombe inotsika kuna maiguru Mukonowatsauka. Ndabvuma kuti ichokwadi kuti mukono wangu watsauka ukandoparadza bindu ravo. Ndadzidza nyamusi kuti charehwa nevana chinoda kuvhenekwa usati wamira nacho. Ndine urombo hamawe!" SaHazvi vakange vongoti boi boi maziso.

Sabhuku vakati, "Yapfa yapaiwa. Iyi yazvitonga yega. Asi, vakomana ava vanofanira kurangwa nedare. Mwana haasi wemunhu mumwe chete. Mafundufuwa tora shamhu ine munyu murange vakomana ava chive chidzidzo kune vamwe vana vese. Ini saChamakuduba vebhuku rino, handidiba vana vanoshungurudza kana kurwisanisa vabereki. Ndagura dare rino."

Machinda asabhuku akati nzenga nzenga vakomana vaviri vaye ndokunovarova nechamboko zvinewo mwero, uku vamwe vana vachiona nekuvasvoveredza. Pimai, naMuchazondizonda, vakadzidza chidzidzo chakaoma musi uyu. Akanyanya kurwadzirwa pamwoyo ndiMuchazondizonda nekuda kwezera rake. Kurohwa nekusvoveredzwa kwerudzi urwu kwaimudzikisira pameso emhandara.

"Nyangwe zvazvo ndisina kurohwavo, ndadzidza kuti kunyepa hakuna kunaka zvachose." Akadaro Zorodzai achiona vamwe vake vachizamurirwa chamboko. Akaziva kuti dzimwe shamhu dzakange dzakavamirirazve kumba.

SaHazvi vakabatikana chaizvo nemisikanzwa yakange yaitwa nevanakomana vavo izvo zvaikanganisa magarisano akanaka nevamwe munzanga. Vakaronga nemudzimai wavo kuti Zorodzai achidzoka zvake kuChitungwiza asati afurirwa zvakaipa nevaviri ava. Chifume chamangwana acho vakamukira kumabhazi, asi rakati do do do kusina chekukwira. Motokari dzaipfuura nepavari dzaibvunza zvematsamba nemamasiki akange asipo. SaHazvi vakadzoka kumba ndokundogadzirisa tunhu twaidiva vachibatsirwa nasabhuku. Vakazobatsirikana nezano rekuti Zorodzai akwire imwe yemotokari huru dzaitakura mabhanana dzichibva kuKatiyo dzichienda kuMbare, Harare. Rwendo rwakarerutswa nemuchairi aivamiririra pamugwagwa nemanyepo pese pavaimiswa nevachengetedzi vemutemo. Rwendo urwu rwakavadyira mari zvekuti. Zorodzai haana kufara nekudzoka kumba kwavo kuChitungwiza nenzira yakadai.

Magumo

If you have enjoyed *Zororo risina zororo*, consider these other fine books in **Mmap Fiction and Drama Series** from *Mwanaka Media and Publishing:*

The Water Cycle by Andrew Nyongesa
A Conversation..., A Contact by Tendai Rinos Mwanaka
A Dark Energy by Tendai Rinos Mwanaka
Keys in the River: New and Collected Stories by Tendai Rinos Mwanaka
How The Twins Grew Up/Makurire Akaita Mapatya by Milutin Djurickovic and Tendai Rinos Mwanaka
White Man Walking by John Eppel
The Big Noise and Other Noises by Christopher Kudyahakudadirwe
Tiny Human Protection Agency by Megan Landman
Ashes by Ken Weene and Umar O. Abdul
Notes From A Modern Chimurenga: Collected Struggle Stories by Tendai Rinos Mwanaka
Another Chance by Chinweike Ofodile
Pano Chalo/Frawn of the Great by Stephen Mpashi, translated by Austin Kaluba
Kumafulatsi by Wonder Guchu
The Policeman Also Dies and Other Plays by Solomon A. Awuzie
Fragmented Lives by Imali J Abala
In the beyond by Talent Madhuku

Printed in the United States
by Baker & Taylor Publisher Services